倔强的粉红色

杨格 著

江苏凤凰文艺出版社
JIANGSU PHOENIX LITERATURE AND ART PUBLISHING

图书在版编目（CIP）数据

倔强的粉红色 / 杨格著 . -- 南京 : 江苏凤凰文艺出版社 , 2021.5 （2022.1重印）

ISBN 978-7-5594-5761-5

Ⅰ . ①倔… Ⅱ . ①杨… Ⅲ . ①短篇小说 – 小说集 – 中国 – 当代 Ⅳ . ① I247.7

中国版本图书馆 CIP 数据核字 (2021) 第 060059 号

倔强的粉红色

杨格　著

责任编辑　陈　珏
策划编辑　张恩东
装帧设计　谢允儿
责任印制　刘　巍
出版发行　江苏凤凰文艺出版社
　　　　　南京市中央路 165 号，邮编：210009
网　　址　http://www.jswenyi.com
印　　刷　三河市燕春印务有限公司
开　　本　889 毫米 ×1194 毫米　1/32
印　　张　8.75
字　　数　167 千字
版　　次　2021 年 5 月第 1 版
印　　次　2022 年 1 月第 2 次印刷
书　　号　ISBN　978-7-5594-5761-5
定　　价　58.00 元

目 录

闯入的第四空间

闯入的
第四空间

闯入的第四空间

杨 格

01

“这样一个城中繁华地段，居然存在这样一栋鬼屋。确实很浪费啊！这周围的房价可都是大 5 位数字。”肖凯啧啧感叹着房价。刚刚到现场，来查案的，肖凯不看尸体，却围着这栋烂尾楼先转了一圈，摆诚玥认为这人下意识仍然关心房价。肖凯看到楼房后面不远处有一个垃圾堆，一位奶奶在那里捡废弃的矿泉水瓶，不禁感叹：“奶奶在这儿能捡到多少矿泉水瓶？这儿已经荒了 20 多年了，哪有人扔，捡瓶子那得再朝前一条街呀。”摆诚玥不无调侃地说：“您的爱好真广泛，除了关心房价，对哪儿矿泉水瓶多都有研究。”

摆诚玥父母都是警察，她至今仍然和父母住在一起，一点也不担心房价问题。肖凯按道理也不会没有房，却是警队出了名的吝啬鬼，处处小气抠搜，摆诚玥挺瞧不上肖凯的。

两人一早到警队就接到了这个案子。赶往现场的路上，同事告知他们，死者可能是著名影星晟翃。

肖凯说：“晟翃，哪两个字？干吗的？”

摆诚玥觉得这人和社会似乎脱节了，啥话题都不知道，虽然比自己大不了几岁，但活得像是上一辈人，好在这种现象也不是一天两天了，街舞、嘻哈、热搜什么的，对于肖凯来说就像是外太空，啥也不知道。

摆诚玥从手机里调出来晟翃的新闻递给肖凯。

肖凯看着晟翃的新闻，掏出手机也在搜着什么，一边问：“怎么知道就是晟翃？”

摆诚玥说：“你以为是一般人呀！报案的是一位长期在附近拾垃圾的爷爷，在那栋烂尾楼里发现了尸体，就报了案。晟翃呀，出警的弟兄们看一眼就知道。你以为是哪个路人甲。”

肖凯嘟囔着：“那如果是我，就算看了也不知道。”

摆诚玥说：“这个晟翃很有名，昨天前她的经纪人曾经报警说她失联，派出所的兄弟发现她就在自己家里。结果今天就发现了尸体。”

肖凯皱了皱眉头：“都是一个警察办的案？”

摆诚玥说：“一个派出所。她家离这里也不远。”

肖凯围绕着尸体转来转去，没有动手检查一下的意思。尸体仍然穿着漂亮的小礼服，可以看出曾经是非常漂亮的女子。

直到法医小组开始小心翼翼地搬运尸体，物证科的警员们在现场忙碌着不遗漏任何证据。肖凯仍然表现得像是来旅游的中老年游客，不时看看手机，东转转、西转转。

摆诚玥有些不满：“该干活了。”

肖凯说：“是晟翃吗？你了解她吗？”

摆诚玥不无遗憾地说：“媒体对晟翃的人设是：既风情又天真，婊气冲天的同时纯洁浪漫，妩媚世俗又文艺深邃，可惜呀！如今都戛然而止。明天娱乐头条就是她。”

肖凯的手指向尸体后面地面上的一些痕迹，叫物证科的兄弟不要放过地上的粉末、灰尘以及尸体伤口上的灰尘。然后，他跑到巨大的露台边上，看着周围的环境，喃喃自语：“这真可惜！”

这是说人可惜呢，还是说这栋房子？摆诚玥搞不明白。

这是一栋被废弃的建筑，名字很艺术——莫奈花园。处于这个城市的中心地带。据说十几年前，这栋建筑属于一个大的国有企业。当时这家企业的房地产做得有声有色，拿下了位于城市中心的这个地块。设计上颇费心思，整个建筑模仿欧洲的哥特式建筑特色。只是“莫奈花园”这个名字和哥特式建筑有什么关系，谁也说不清楚，要问就是：有文化啊！

1 楼有巨大的黑色立柱和金属雕花的金属拱门——可是废弃了这么多年之后，这些巨大的立柱和雕花的金属拱门配上 2 楼月牙弧度的窗户，像极了一张抽象的人脸，充满鄙夷的表情。

这栋建筑当时也采用了时髦的预售模式，诱人的宣传铺天盖地，各路明星展演推介。在仅仅盖了3楼时，就销售掉了整栋建筑上面十几层的面积。接着，这家国企的负责人胡全因为贪污被抓，他又供出了整个领导班子。

事情就是这样，这栋建筑只盖了恢宏大气、挑高十几米的一楼大厅和2楼3楼，就再也没有向上生长。设计图纸仅仅是设计图纸。

几年过去了，所有接盘“莫奈花园”的人都必须面对一个问题：如何处理那些已经购买了楼层面积的人？预售的钱不知所踪，后续的开发还需要投入，且整栋建筑已经被卖光了！这是一个荒诞的题目，十几年来没有人能解答。更悲惨的是，随着时间的推移，这个城市的新城区茁壮成长起来，就像是崭露头角的新星一般，吸引投资人蜂拥而去。在新城区，花同样的钱，可以获得更大的土地，配套设施也更好，且没有那么多不可预知的问题。

曾经老城区的繁华地段，像是已经过气了的明星，江湖名气还在，只是市场少得可怜，而且表象之下的陷阱也让人望而却步。

又过去了十几年，原来高大上、充满艺术感的哥特式建筑彻头彻尾变成了一个鬼屋。尸体在第二层被发现。

第二层像是一个工地，到处都是未完待续的样子——讽刺的是，这其实就是这里最笃定的状态，保持了十几年。墙面没有完全抹上水泥、石灰，露出网状的基层。整个楼层就像是一个巨大的垃圾场，靠近墙面的地方到处堆放着施工防护网，地面污秽不堪，雪融水流得到处都是，屋顶上的架子已经锈蚀，一些看不出材质的纱网和塑料饮料瓶、方便面盒什么的这一堆那一堆随意堆着——这些垃圾在这个空间是最彰显人类痕迹的东西。

“一个当红女明星的尸体被拖到这样一个地方，实在令人唏嘘。估计她生前是永远不会踏足这样的地方的。”摆诚玥天生有一点悲天悯人。肖凯看了她一眼：“被害人不一定是她。就算是晟翃，你和所有的粉丝一样只是发现她娱乐的一面。”说着，用手机调出微信读书，点开一本书——书的封面就是晟翃。肖凯点开其中一页：

“垃圾场是我们生活中最丰富的所在，也是生活最细致的映射。垃圾呈现出极其混乱但也极其丰富的特征。看似充盈着不美好，却蕴含美感。这是颠覆秩序形成的新的构成主义，既包含痛苦，又带着些许追溯的意味——这些垃圾原来的样子是什么？我们不禁反思：人类社会的秩序、物质带给我们的究竟是什么？垃圾场，是人造的秩序所没有触及的一个新秩序！这种新秩序所呈现的最大魅力在于：充满各种各样的可能性，即代表着遗弃、危险、无序；另一方面，也呈现出新生、笃定和重构。”

摆诚玥露出惊诧的眼神：“肖凯，没看出来啊，你居然是她的粉丝！”

肖凯说：“我其实是在来这里的路上才发现的这本书，这段话也是我刚刚发现的。你看看这里”肖凯指向书后面附的一张照片，居然就是这个空间。

肖凯说："晟翃应该以前对这里很熟悉。把你的手机拿出来。"

摆诚玥拿出手机，肖凯一下子拿到手里，随后将自己的手机交给摆诚玥："手放平，对，就是这样，保持不动。"

肖凯照着电子书上的那幅照片，举着摆诚玥的手机，寻找那幅照片的拍照位置，不断后退，拍下一张和电子书上相似的照片。摆诚玥高兴地凑过来："我看看。"肖凯左右看看，在这个地点做了一个标记。这里距离一楼通往2楼的楼梯不远，背靠着一根水泥柱。肖凯脑海中想象着拍摄的画面：可能是一个傍晚，夕阳斜射进这一层，晟翃在这一层中走来走去，在靠近水泥柱的位置，看到了地面上的积水和杂乱的垃圾，拿出手机，拍下照片。现场只有她自己还是还有别人？如果只有她自己，她穿着什么来的呢？如果还有别人，又是谁呢？

摆诚玥说："她的经纪人刘颖正在来这里的路上，帮助辨认尸体。"

肖凯说："来这里？叫他去局里吧。在那里辨认得清楚些。"

回警局的路上，摆诚玥仍然唏嘘不停。

警察局的问询室里，刘颖等着摆诚玥和肖凯。

刘颖是一个英俊的男人，如果不是晟翃的经纪人，凭脸孔或者身材，他几乎可以出道做演员。此刻的刘颖满脸愁容，眼角似乎还有一点泪光。摆诚玥主要提问题。肖凯不动声色地盯着刘颖。

摆诚玥说："刘颖先生，你确定死者是晟翃？"

刘颖非常悲伤："你们有先进的调查手段，我相信你们。我只能告诉你们，很可能是她。"刘颖眼角泛出泪光，可以看出来极力想要阻止它流出来，但仍然毫无用处，这个强壮的男人此刻在警察局无声地流下眼泪："我知道这个时候你们不一定会相信，可是——我昨天晚上收到这个。"刘颖掏出来一页纸，居然是一封遗书。

摆诚玥大吃一惊。肖凯想说什么，没有说，仔细看着这页纸上的内容。

遗书的口吻和摄影散文集的口吻几乎一样。晟翃说自己得了乳腺癌，爱上了刘颖，不能接受日渐没落的演艺生涯，希望给粉丝们留下永远美好的形象。于是自己过量吃了两种药物：复方甲氧那明胶囊和罗红霉素。

刘颖愁容满面地说："我和晟翃在一起已经 3 年多了。"他用手撑住自己的额头，另一只手小心擦去眼角的泪滴，接着说："前几天，我发现联系不上晟翃了，非常着急，就报了警，通过警察我才知道晟翃当时就在家里不愿意出来。没想到今天——"

肖凯说："你报警说她失联那天是 7 月 28 日，对吗？"

刘颖点点头。

肖凯又说："今天是 7 月 30 日。昨天上午你报的警？"

刘颖点点头。

刘颖说：“我们之间发生了一些误会。我——我们那时正在分手。但是我仍然关心她。”

肖凯盯着他看了一会儿，跟摆诚玥叮嘱了一下，悄悄出门了。摆诚玥明显不愿意，可是肖凯仍然离开了问询室。

摆诚玥只好独自面对刘颖。

“为了晟翃，也为了我自己，我愿意将我们的过往都告诉你们。”刘颖露出真诚的表情。

刘颖陷入回忆中：“我爱晟翃。她是艺术家而不仅仅是一个艺人。但是我几个月前向她提出了分手。我离开她并不是因为我爱上了别人，而是我认为我们俩已经不合适。我真的没有想到她会以这样的方式结束自己的生命！”刘颖把自己的头埋进手里，随即又痛苦地抬起来：“我知道我这么说，你们不会相信。明天，也许娱乐记者们又找到了头条消息。可是，我昨天晚上收到了晟翃的这封遗书。”

刘颖泣不成声，然后他稳了稳情绪，继续说下去：“我真的很后悔！后悔和她提出分手，还亲手安排了展览。这个展览原来是她和这个世界告别，我还以为她不会这么决绝，我还告诉她这是我们合作的最后一次。没想到却是这样的最后一次。”

摆诚玥不相信刘颖的说法，她把这种怀疑彰显到脸上：“你是 3 年前才当上晟翃的经纪人的吧？”

刘颖点点头。

摆诚玥说："新闻报道是你们先谈恋爱，后来晟翃炒了她的经纪人，直接让你管理工作室。"

刘颖露出一丝笑脸，闪过一下就消失了。摆诚玥捕捉到了这个表情，毫不掩饰自己的厌恶。

肖凯此时进来，表演出一副安慰的样子："我理解你的心情。"然后微笑着起身和刘颖握手："谢谢你，如果有什么需要了解的，我们会找你。我派一位警官送你回家。"

刘颖说："不用了，我自己开车。可是，你们不需要和我聊聊其他的吗？"

肖凯说："我们会找你的。"

送走了刘颖，摆诚玥转过头，有点不满意肖凯的行动："你为什么把他放走了？"

肖凯说："什么？"

摆诚玥说："那个刘颖就是嫌疑人，为啥把他放走了？"

肖凯说："现在有更重要的事。如果刘颖是嫌疑人，那他现在一定已经知道我们在怀疑他，这种情况下，你还希望能从他嘴里得到真话？你是继续在这里听他满嘴编谎话，还是先看看其他兄弟的调查结果再说？"

摆诚玥说："那他会不会跑？"

肖凯说："我派人盯着了。现在看看现场的报告。"

法医的现场检查结果显示，死者死亡时间在昨天晚上 23 点至凌晨 2 点之间，具体的死亡时间和尸体的细节需要进一步解剖才能了解。

尸体的一些特征引起了肖凯的注意：指甲缝里的残留物都是死者本人的，没有发现其他人的痕迹。死者胃中存留一点尚未消化的蔬菜和牛肉，时间在昨天下午 18 点 30 分左右，也就是 7 月 29 日下午。应该是吃完这一餐之后被害的。死者没有被性侵的痕迹。尸体上的伤痕怀疑是死后造成的，不过也有可能是临死时产生的，进一步调查需要一周的时间。从痕迹的形状大小、衣服的损伤情况判断，初步怀疑是被害人被拖行时造成了这些伤口和衣服损伤。

摆诚玥做警察已经有几年了，从实习生开始，她就跟着肖凯。肖凯在警队里并不是神探级别的，而且这几年似乎随着年龄的增长越来越佛系。可是肖凯身上总有一股说不清楚的劲儿，和世俗的世界即疏离又亲密，就像他对周围的女孩子，摆诚玥说不清楚为什么自己总是不自觉地分析肖凯，总是想他在想什么。

肖凯说：“无论如何，咱们都从晟翃开始调查吧。”

02

邢红月是她的原名，自从25岁在这个五线小城市的礼仪大赛中获得冠军，邢红月就想改名叫晟翃——大赛的评委是晟翃，因为自己长得像这个女明星，所以才得到了冠军。著名女明星晟翃的名字，刑红月没有告诉别人这个名字真正的意思。邢红月唯一的亲人就是自己的弟弟，不知道为什么，邢红月总是觉得自己的生命会像是这个名字一般。

晟翃，从字面上理解，“晟”是一天中日光最炽烈的时候；而“翃”，则是形容蝴蝶、飞虫在山谷中轻飘飘地上下飞舞的样子。“晟”“翃”两个字合起来，一个是如日中天，一个是飞，似乎蕴含着成功，大红大紫的意味。可是这两个字合起来的真正意思却并不那么美好：一只飞虫或者蝴蝶，在一天中日光最炽烈的时候，在开阔的山谷中轻盈地上下飞舞——会被晒死。这是一个矛盾且有点分裂的名字：一方面追求最极致的浓烈、成功和兴盛；另一方面，又向往像渺小、轻盈、轻松、自由——又兴盛、又轻松，就只好短暂。这样一个名字对于绝大多数人来说，都不会想到它的分裂的含义——这也是邢红月或者晟翃最满意的部分：别人眼里的自己和真实的自己是完全不同的两个人。邢红月很喜欢这个名字，也因此关注晟翃；晟翃也很喜欢这个名字，因为这就是自己。

晟翃是成功的艺人，至少曾经是。高中毕业，晟翃就因为出色的外表进入娱乐圈。而那时邢红月还在十八线的小县城里读高中一年级，想着高中毕业后考个职业技术学校。后面晟翃的故事很多人都知道。只是故事的另外一面，却很少有人关心。

出色的外表，甜美的声音，具有文艺特质的气质，还有柔和利他的性格，让晟翃在京城的娱乐圈里很快崭露头角。连续参演了几部电视连续剧，又出了唱片，晟翃俨然成为冉冉升起的一颗新星，被媒体称为“演技与颜值双在线的小花”。

晟翃很清醒：自己没有靠山，没有背景，没有学历，所以更要小心翼翼，保持谨慎状态，好在这几乎也是晟翃的日常状态。

对于围绕在身边的各色男人，她没有找到值得的、足够支持自己事业的目标，自己越关注演戏本身越好。剧组的执行副导演、制片人、投资人并不能入这个小女孩的法眼。晟翃绝不会为了一点点眼下的利益，就将自己奉献给这些，在她眼里，他们都是工具一般的人。这样和绯闻的疏离，塑造了晟翃在圈子里的好名声，虽然表面上损失了一些片约，但一段时间以来，晟翃获得的好口碑远大于损失。

尤其是圈里一些知名演员，因为私生活混乱被暴露出来而遭到片方、代言企业抵制之后，晟翃的“纯洁”恰恰给她带来了最好的机会。

晟翃拥有和自己年龄不相称的冷静和倔强——当然，还有分裂。这种内心深处的分裂让晟翊很享受每一天在公众面前的状态，同时也很享受公众视线之外的另外一种生活——从一些废墟、垃圾中窥探光鲜亮丽的上流生活的秘密，而这个爱好的表现，就是摄影。

摄影并不完全是艺术，现在的生活中人人都可以做，更像是一种私人表达的工具。摄影作为爱好很平常，每 10 个人中，就算没有 8 个摄影爱好者，至少也是摄影器材或者 P 图的爱好者。晟翊公开自己这个平凡的爱好，往往换来娱乐记者们一声“哦”，连往下问的兴趣都没有。况且晟翊的那些“作品”，在他们眼里平凡得不值一提。

但是在晟翊的心目中，摄影和表演一样重要。一切源于 8 岁那年的那个傍晚。那个漫长的傍晚隐藏在时间深处，惊涛拍岸，对于当下而言却留不下一丝痕迹。

那是一个普通的暑假的傍晚，闷热且混沌，夏天阵雨来临之前的风平浪静中，8 岁的晟翊像往常一样在家门口边的一个废弃工地上玩。

晟翊从小就很漂亮，学习好，是班里的文艺委员，也是父母和邻居眼中的乖乖女。但那只是晟翊的一面，另一面除了她自己，没有人知道。小时候在街角见到死老鼠，所有女孩子都惊声尖叫，只有晟翊冷静地看着，猜想老鼠是怎么死的；市场上杀鸡杀鱼，晟翊从来不放过出血的瞬间，也并不觉得惊悚和恐怖；小学时班里的男孩子打不过晟翊，中学时也是，因为晟翊是那种可以拼命的人。这有些坚硬的另一面和漂亮乖巧的一面结合起来，让所有人都夸晟翃，毕竟漂亮的女孩子如果厉害一些，大家不但不会说什么，还会觉得挺好的，能保护自己。

晟翃的家在市中心最繁华的地段，寸土寸金。她家旁边就是“莫奈花园”。晟翃觉得这是一个有趣的地方，成堆的沙子、大柱子、门前的空地都那么好玩。尤其是那些黝黑的废墟，以及没有完工的墙壁和楼梯，晟翃经常和小朋友到这里探险。不过小朋友们都不敢上楼，只有晟翃敢一个人进入那个黑黝黝的废墟。

过完年以来，这里的施工工人都走了，工地上的保安大爷也时常不在，到夏天，工地就再也没有开工。5 月份的时候，还有一些人聚集在一起，在工地上集会，说是要履行自己的权利，他们虽理直气壮，但就是不知道债主是谁，打砸抢了整个破败的工地，大厅上的雕花都被撬走了，墙壁也被破坏得乱七八糟。可是即便打砸抢，工地上又有什么东西呢？留下的部分就像一个垃圾场。

大人们一看到小孩子在这里玩，就赶紧叫他们回家，并且叮嘱他们下次不要再到这里玩了。可是第二天傍晚，又有一群小朋友在“莫奈花园”废墟前的空地上跑来跑去。

那天，8 岁的晟翃发现两个成年人进入了大厦，其中一个女人穿着尖尖的高跟鞋和漂亮的红色连衣裙，风吹得红裙子飞舞起来，漂亮到晟翃没法不注意她。这个阿姨一看就不像应该出现在这个废墟里的人，反而像是参加晚宴的明星。晟翃觉得很好奇，一边玩，一边惦记着。小晟翃似乎听到废墟里有女人哭泣的声音、吵架声、说话声。但是这些声音和外面的嘈杂声混合在一起，若有若无，所以小晟翃也不能肯定自己听到了什么。天色渐晚，似乎就要下雨，漂亮阿姨仍然没有出来。她会不会遇到危险？晟翃不由得担心起那位漂亮阿姨来。看着楼上黝黑的窗户，像是一张脸狞笑着。小晟翃决定进入废墟去看看——她根本忘记了自己本身就是一个 8 岁的小孩子。

穿过高大的柱子，拱形门上哥特风格的雕花在水泥灰色的墙上投影出怪异的图案。外面开始刮风，这是夏季阵雨到来前的警告，风声在这栋废墟里形成怪异的声响，通往 2 楼的楼梯盘旋在眼前，宛如一个巨大的怪蛇，正伸向一个未知空间。

小晟翃难免有一些害怕，也有一丝兴奋，不知道为什么，这样的场景通常会激发她心里的另外一面。空气中夹杂着风声，还有一丝喘息声，在小晟翃听来像是某种动物——那时的她还不明白，那声音代表着成年男女最深、最隐秘的快乐和悲伤。小晟翃在地上寻找趁手的东西。她找到一根断了的钢筋，比自己的胳膊还短些，小晟翃拿在手里朝着那个明暗交叠的盘旋楼梯一步步走上去，小心翼翼，不弄出一点声响。

2 楼很暗，小晟翃屏住呼吸，那声音越来越大。在一个水泥柱子后面，小晟翃看到了红裙的一角。事实上，小晟翃走路还是有一些声音，但是这声音和风声以及男女的喘息声比起来，似乎小了很多。转过柱子，在肮脏的未完工的水泥地面上，小晟翎看到了最诧异的景象——一个男人正在穿红裙子的阿姨身上运动着。阿姨的上身完全裸露在外，漂亮的红裙子掉在地上，像极了垃圾。小晟翎害怕极了，这是她第一次看到这样的景象，在这样到处都是垃圾的废墟里。她不禁叫出声，手里的半截钢筋也掉在地上，然后本能地转身朝外跑。

此刻，外面的雨开始下起来，这栋建筑的漏铜很多，很多雨水飘进来。那男人已经尽兴，提上裤子扭头追小晟翎。在那个盘旋的楼梯上，小晟翎一下子摔倒，从楼梯上滚下来，满身是泥。那个男人像拎一只小鸡一样将小晟翎拎起来。

已经成为明星的晟翎经常想起那天，她难免会想：那天，如果后面没有反抗，自己的结局会是什么样的？——所以自己做的都是完全正确的——晟翎常常这样告诉自己，有一种劫后余生的感觉。那天的经历显然鼓励了她内心中另一个晟翎的隐秘的生长。

一些垃圾堆、废墟或者——莫奈花园的废墟成为另一个晟翎可以复活的场域。在这些被常人废弃的垃圾堆中，拍摄、窥探一些别人都看不到的东西，晟翎觉得这是自己对于这个世界的隐秘的嘲讽，或者也可以叫戏谑。

成名之后，不拍戏时的晟翎在夜晚华灯初上的时候往往会拉上薄纱的窗帘，假装自己在家，给记者们拍：披上一件藕色的薄纱裙，在案几前摊开宣纸，练习书法。这是一个位于闹市的大厦，空中别墅。房间里面有通透的落地窗，这个城市的夜晚会映照在玻璃上，形成如珠宝般璀璨的背景。马路上川流不息的车辆像是血液，流淌在这个城市的角角落落。

另一个晟翃则进入夜色中，假扮成城市里捡塑料瓶的阿姨在城市中徘徊。有时候，她会到刚刚举办完婚礼或者某个大型仪式的酒店中，冒着被保安驱赶的风险，看着曾经漂亮的纱幔被拆下来，随意地丢在一边；鲜花有一些枯败了，花瓣掉落在地上，和垃圾们待在一起；有一些雕刻精美的字或者雕花的装饰也被拆掉，散落在角落里——等待着它们的是巨大的垃圾桶。

晟翃也喜欢去那些星级酒店的停车场和地下车库。她寻觅着一些颤动的车子，像猎豹等待猎物一样在不远不近的地方找好角度，等待着。待两个在车里燥热互动的人完事儿后，她会迅速按下快门。

也有时候她会在闹市中巨大的广告牌前伫立，拍拍在广告牌下和自己一样捡垃圾过活的人们经过靓丽璀璨的广告牌；在一些网红餐厅的后面，拍那些灯红酒绿下面的垃圾桶，喝醉酒之后烂泥一样的人，以及打着电话的服务员小妹。当然，晟翃最喜欢去的地方，就是莫奈花园废墟，这栋烂尾楼的每一个细节晟翃似乎都很熟悉。那些在深夜里显得更加恐怖的哥特式铁艺雕花，那盘旋的大蛇一样的楼梯，一切都从恐怖变成熟悉。晟翃也会遇到流浪汉、野猫野狗或者一些不怀好意的醉汉——晟翃懂得如何保护自己。她实际上并不像表面这么弱不禁风，而是长期准备着一些属于她自己的防身物品。

晟翊总是拍一些局部或者模糊的影子。人们看到这样的图片，完全不可能想象当时的场景，甚至根本看不出拍了些什么，晟翊却乐此不疲。

慢慢地，摄影似乎并不能满足另一个自己，于是她又喜欢上了——画画。虽然晟翊并没有什么绘画天分，但是这不影响她在自己两层楼的空中别墅里装修一个画室。

过了几年，画室已经成为晟翊家里必须的一个空间。回到家里，在画室里，晟翊会凭记忆画出刚才的样子——一些皮肤和周围的垃圾。和摄影一样，没有人将她的画当成“画”，在几乎所有周围的人的眼里，晟翊的这些爱好只是一个无聊的女明星打发时间的消遣方式而已。

03

凶案的调查有了一些进展。在案发当天凌晨大约零点刚过，一辆三厢轿车通过施工通道开进这栋建筑。由于这栋废弃的建筑里面没有人费心安装监控器，之后的事情就没有监控。摆诚玥立即去调查这辆车在城市道路的路径，并且尽可能地调查司机的样貌。与此同时，各种现场的证据证物和线索也摆在了摆诚玥和肖凯面前。摆诚玥和肖凯一直在寻找第一案发现场的各种线索。从死者的穿着打扮上看，此前她应该去过一个比较正式的场合，但一定不是什么大型的活动现场。死者化着妆，穿着漂亮的中国风风格的小礼服裙。解剖报告还没有全部出来。

关于那辆车，在进入这栋建筑之前的路径很清楚：经过光华路、解放路和人民路，来到人民路路口处的这个鬼屋。可是在经过光华路之前，这辆车像是幽灵一般，从一座立交桥的阴影里冒出来，而阴影前面的路面，任何监控都看不见这辆车——不止一个警探反复观察所有摄像头了好几次，真的没有。似乎这辆三厢轿车是从阴影里突然冒出来的。

摆诚玥只好调查这辆车的牌照。牌照显示，这辆车已经报警，几天前被偷走。继续追查的结果更加令人感到奇怪：警官们在距离鬼屋不远的人民路路边一个车棚下面发现了这辆空无一人的三厢轿车。车里没有什么有价值的线索，甚至连指纹都没有。当所有人都在检查这辆车时，肖凯注意到了车棚。这个简易的车棚后面有一个洞，似乎能允许瘦一点的人钻进钻出。城市道路监控的画面显示，从这辆车开进莫奈花园烂尾楼至开出，司机穿戴不同，似乎不是一个人，但由于司机刻意作模糊处理，所以看不出来五官，甚至很难辨别性别。

案发现场的那些垃圾中没有任何有效信息。

摆诚玥面对着一堆杂乱的证物照片，斜靠在桌子上："这辆唯一到过现场的车是前后两个人开的，所以后面那个可能是凶手。"

肖凯说："不太正常，晟翊没有受到性侵，衣饰也比较整齐，没有挣扎的痕迹，身上也没有淤青或者其他伤口。"摆诚玥点点头："是呀，面对这么漂亮的女明星，却没有动心。是不是竞争对手做的？或者是一个女人？"

另一组警员带来晟翊周边人的信息。摆诚玥拿过资料，还没有看，却立即被肖凯拿走了。肖凯在翻看其中一页时停了下来。页面上显示的是晟翊的替身邢红月。

法医鉴定结果出来了。晟翊最终的死因是：氨茶碱中毒引起心跳停止猝死。在死者的胃中同时发现了大剂量的复方甲氧那明胶囊和罗红霉素——这两种药物如果同时服用，会引起一系列不良反应，比如肌肉颤动、心动过速、心律失常等症状，严重者甚至会出现心跳停止致死。而死者就属于这最坏的一个情况——死者是胃癌晚期，这一病症加快了药物的反应。

摆诚玥说："刘颖曾经说过这两种药。"肖凯点点头："要想查到这两种药多少剂量致死并不难，关键是如何让人一下子吃下那么多。"

摆诚玥说："清醒的人不可能同时吃好多片药，除非是在不清醒的状态下。"

肖凯没有说话，他一边走一边看晟翃生前48小时行为的调查结果文件。摆诚玥跟着肖凯，她猜到了这个现实物种接下来去的地方——晟翃的家。

案发当日，最后见过晟翃的人是她居住的大厦的门房。门房告诉警察，晟翃这几天都不太出门。门房告诉肖凯和摆诚玥，前一段时间，晟翃的经纪人刘颖一直住在这里，前天晚上，不知道什么原因，刘颖独自一人离开晟翃家。在案发当天的早晨，晟翃和一个老太太一起出门，似乎是照顾她的阿姨，不久，晟翃就自己回来了。那天中午，刘颖和派出所的警察一起来敲晟翃的门，说是失联了。门房大爷还告诉警察，早晨才见过这个女明星。结果敲开门，晟翃真的在家里。晚上门房不记得见过晟翃出门。

小区的监控显示，夜里11点多，晟翃穿着小礼服出门，上了一辆车。

肖凯啧啧赞叹，这小区的确高档，什么都好。摆诚玥有些看不惯肖凯这种势利的样子，怼他："看你这没见过世面的样子，住在这有什么好？都说不清楚哪天遗体出现在哪个废墟里。”

肖凯说：“你这是吃不到葡萄说葡萄酸。这里也是大5位数字。”

摆诚玥说：“你怎么对房价这么感兴趣？”

肖凯仰天长叹：“我错过了好几次唾手可得的房子涨价赚钱的机会，现在我的房子还没还完贷款，你说，我能不关心一下这能让人发财的东西吗？”

摆诚玥白了肖凯一眼，内心里觉得这家伙虽然很有想法，但就是太市侩了。

在晟翙家里有几盒药，一些吃了半盒，就是复方甲氧那明胶囊和罗红霉素。还有医生的处方，处方上除了这两种药，还有一些消炎的药物。摆诚玥立即调查开出处方的医院，得到的消息是：晟翙患了乳腺癌，并传来了晟翙的详细病例。

目前调查没有任何进展。站在这栋空中别墅的门厅，肖凯环顾着整栋装修品位不凡的别墅，总觉得哪里不对劲，所以不停地看来看去。

摆诚玥不解：“在看什么？”

肖凯说：“总觉得这场景在哪里见过。”

摆诚玥问：“哪里？”

肖凯突然问了一句：“晟翙学过艺术吗？”

摆诚玥赶紧从保姆房出来：“没听说过。她很早就出名了。公开资料里没有过学习艺术的经历，或者跟某位老师学过。晟翙对保姆很好，保姆房里还有名贵的面膜。”肖凯听到摆诚玥这么说，也到保姆房去。

像突然想起什么似的，摆诚玥说：“这个晟翃最近正在搞一个摄影展。你上午不是还在网上看到她出版的摄影作品和散文集吗？摄影展展出的应该就是摄影集中的作品。”

肖凯从保姆房出来：“走吧，咱们去看看那个摄影展。”

展厅在一个艺术区。肖凯他们的车停在立体车库。肖凯觉得垃圾箱里翻垃圾的奶奶有些面熟，一时想不起来，从车里把矿泉水瓶交给奶奶。奶奶很有礼貌，不停地点头表示感谢。

04

8 岁的小晟翊被那个高大的男人像拎一只小鸡一样拎起来，一边狞笑着，一边说："你妈妈没告诉过你小孩子不该来这里吗？既然来了，今天就作为我的奖励吧。"

小晟翊害怕极了，又踢又打，可是完全不起作用，对方还是将小晟翊扔到了水泥柱下，笑着转头对正在整理衣服的漂亮阿姨说："你真是给我带来好运，我还没有玩过小女孩。"

漂亮阿姨抱住男人的胳膊："她还是个孩子！你就别再作孽了！"

这男人反手一个耳光将漂亮阿姨打倒，嘴里骂骂咧咧："我作孽？那也是跟你那个老公学的。"说完拉开自己的裤子拉链，褪下裤子。

此刻外面大雨倾盆，这栋废墟里已经积了不少水。小晟翊摔倒在地上，害怕极了，浑身哆嗦，右手握住了一根钢筋——她并不知道这根钢筋是不久前这男人丢掉的。小晟翊举起钢筋朝男人的肚子戳进去。

男人显然没有料到这场景，捂着肚子大叫一声，一脚将小晟翊踢开。漂亮阿姨这时候也捡起来一块水泥块，朝着男人打过去，但显然不是这男人的对手，两人扭打起来。小晟翊趁他们俩在扭打，赶紧跑下楼梯，找那半截钢筋。

小晟翃再次上来的时候，虽然时间不长，但那个漂亮阿姨已经面目全非。小晟翃用尽力气将钢筋扎进这男人的心脏位置，因为太用力，自己整个身体都撞在了男人身上。鲜血像是小喷泉一样喷出来。小晟翃见到男人的样子，想到了自己曾经杀死的老鼠，她不但没有害怕，反而有一点说不清楚的满足。这时，漂亮阿姨从男人肚子里抽出来那根钢筋，用尽全身力气朝男人的头上刺过去，刺进男人的脖子。男人倒了下去，没了声息。

此刻 2 楼的这个废墟中，阴影晃动，雨水飞舞，到处充满深浅不同的黑色，地面流淌着不同程度的泥浆。小晟翃和漂亮阿姨相对而坐，喘着粗气，一时之间懵在那里，外面的大雨笼罩了整栋建筑。那男人的尸体就在旁边，一片狼藉。半晌，漂亮阿姨充满感激地说："谢谢你！"

小晟翃看着黑暗中的漂亮阿姨，即便在这样的雨夜中，满脸都是灰，漂亮阿姨的脸也显得非常漂亮。小晟翃并不害怕，也许是刚才太过用力，因此她浑身发抖，声音也小小的："我看到他在欺负你——"

漂亮阿姨眼中流出泪水，在暗夜中闪闪发光，大大的眼睛像是闪亮的星星："你救了我。"

从什么地方传来喊声："晟翃——"

小晟翃对漂亮阿姨说："那是我婶婶。我——要回家了。"

漂亮阿姨问："你妈妈呢？"

小晟翃说："我爸爸妈妈都去世了，我住在叔叔婶婶家。"

漂亮阿姨拉住小晟翃："你叫盛宏？哪两个字？"

小晟翃想给漂亮阿姨写下来，可是天太黑了。她想了想："'晟'的意思是形容一天中日光最炽烈的时候，上面一个'日'下面是'成功'的'成'；而'翃'，则是形容蝴蝶、飞虫在山谷中轻飘飘地上下飞舞的样子。"

漂亮阿姨说："好美丽的名字。我叫宋平。"宋平阿姨从脖子上取下一个吊坠，挂在小晟翃的脖子上，大眼睛忽闪着，泪水涟涟："这个送给你。小晟翃，记住，无论遇到什么事，要学会保护自己！不要像阿姨一样受欺负。"

不知道为什么，小晟翃觉得宋平阿姨很像妈妈，在她心里，妈妈就是这样有着闪亮的大眼睛的漂亮的人。

宋平接着说："今天什么都没发生过，除了我和你，不要和任何人说今天的事。"

小晟翃努力点点头。

宋平说："回家去吧。你没有做错什么事。"

小晟翃握住那个闪亮的吊坠朝外跑，跑了几步又转过身来，指指地上的尸体："阿姨，那他？"

宋平说："放心吧。"

看着小晟翃消失在废墟里，宋平翻过脚下的尸体："颖天，你罪有应得！"宋平不再是刚才那个美丽的女人，她不管不顾地扒开水泥柱，吃力地背出里面一大包东西。接着像是猛兽附体，用钢筋戳向颖天的脸，然后撕下裙子一角包住自己的双手，捡起周围的破纱网清除现场的痕迹，小心翼翼地避开血流的印记。雨一直下，穿着红裙的宋平从废墟中出来，仰着头迎接着天上的倾盆大雨，让雨水洗刷自己的一切，从此刻起，新的宋平重生了。

那个年代还没有那么多监控，宋平看看四下无人，吃力地拖着一大包东西离开了废墟。

第二天雨过天晴，小晟翊看到警察封闭了“莫奈花园”。又过了一天，报纸上报道出来“莫奈花园”发现一具无名尸，现场没有任何有价值的信息，昨夜的大雨破坏了现场。小晟翊有些心慌。警察来调查，小晟翊什么都没说，她只是告诉警察，自己在沙堆那里摔了一跤。警察继续调查别人了。

过了大约一个月，报纸上报道莫奈花园发现的男尸是莫奈花园前总经理，建设集团副总颖天。没有警察再找过自己。小晟翊暗暗地关注这件事，可是没有人关心过这个 8 岁的小女孩。

人们都传说颖天的死亡和莫奈花园胡全的贪污案有关，报纸上连篇报道关于莫奈花园案件的消息：颖天在被害之前是负责莫奈花园销售和财务的总经理，所有的钱都经过他手。胡全在看守所自杀之后，颖天是莫奈花园案件最主要的负责人。这些买房的消失的钱去哪里了？施工方、材料钱该如何结算？都需要颖天负责，警方也正在调查他的问题，却发现他死了，数以亿计的钱也不知所踪。

关于凶手，有好多种说法，有人说是莫奈花园的包工头派人做了颖天，因为颖天欠了包工头的钱；也有人说颖天是被莫奈花园的房主杀死的，有一些交了房款的房主因为没有拿到房屋产权证，房子也没有竣工，搞得倾家荡产；还有一种说法是一些黑社会杀死了颖天，因为颖天贪了大部分房款，夜里去歌舞厅露富，被黑社会跟上拖到莫奈花园杀了；更离谱的是有人说是流浪汉杀了他，当天有人看到警察从废墟上带走一个流浪汉。一时间，谣言四起，但是警方一直没有公布凶手是谁。

一年过去了，没有警察找到自己。3 年过去了，晟翊小学毕业。这件事情成为小晟翊心里的秘密，她没有向任何人说起，也没有人找过她。

这件惊涛骇浪的事情，慢慢地在小晟翊心里最隐秘的角落被掩埋，有时候小晟翊似乎怀疑它是不是真的发生过。可是，这个秘密却激发了小晟翊对于废墟和摄影的迷恋。似乎这些关联出内心中另外一个自己。那个穿红裙子的漂亮阿姨宋平，她还好吗？她和这些人、这些事有什么关系？

晟翊带着这个秘密一直到高中。叔叔和婶婶不停地告诉晟翊家里供不起两个大学生，叔叔和婶婶的儿子只比自己小两岁。高中一毕业，晟翊就报了一所职业培训学校。那一年暑假，她无意中看到一个选演员的广告。看到有报酬，晟翊就报了名。没想到晟翊在 1000 多人中脱颖而出，不但主演了那个广告，更是被选为小演员参演一部电视剧。晟翊几乎是一夜之间就进入了影视圈。

宋平这个名字时不时出现在晟翊的脑海中，她送给自己的那个吊坠也一直精心保护着。晟翊时不时地拿出来戴着，哪怕参加一些公众活动时也会带着。

05

晟翃的画展在一个小画廊举办。可能因为是二线明星的原因，来看展览的人并不多。媒体当天已经报道著名影星晟翃的尸体在一栋废弃大厦中被发现的消息，展厅里有一些粉丝自发地给晟翃送来鲜花悼念。展厅分为两层，在展览的同时也销售晟翃的摄影散文集。展厅里挂着几幅摄影和绘画作品，都很抽象，看不出是什么东西。肖凯在展厅中仔细看着每一幅展出的作品，啧啧称奇。摆诚玥并不太明白这些摄影作品的意义，觉得根本没有拍清楚，没什么可看的。她不禁问肖凯："你能看懂吗？这些模糊的。"

肖凯笑道："她拍摄的都是废墟或者垃圾堆。很有想法的艺人。她一定很喜欢这些东西。"

摆诚玥不以为然："喜欢这些说明内心阴暗。"

肖凯说："也不一定，也可能说明这个人内心很强大，直面这些垃圾和废墟，并且从中发现美。"

肖凯打开手机里那本书的电子文档。在一幅照片前停下来，那幅照片呈现的是质地不一样的网。

旁边的释义牌上写着：网，可能是控制，也许是过滤，也可以是包裹，抑或是保护（纱布，对伤害的保护）。

肖凯对比发现晟翃尸体的现场照片，觉得和这些网很相似，不同的只是现场照片中这些网是杂乱地堆放在角落里，一堆一堆的，而展览照片上的网则是规则的。这幅“网”挂在一面墙上，旁边是一扇门。肖凯试了试，居然打开了这扇门，门的后面是一条小巷子。

这个美术馆位于一个艺术街区里面，小巷子很窄，仅仅能通过一辆车。两边都是房屋。肖凯走出巷子，巷子连接的是立交桥旁边的辅路，和辅路平行的是立交桥的引桥。这座桥面的下面，在两个桥墩之间的部位，是可以通过一辆车的。肖凯和摆诚玥立即调查这座桥通向的方向——果然不出所料，是光华路。

摆诚玥恍然大悟：“肖凯，那辆车是不是沿着桥的下面开到光华路，然后从阴影里面出来的？咱们的监控无法拍到桥面的下面，因为白天不会有人走桥的下面。”肖凯点点头，立即安排排查。

肖凯和摆诚玥立即回到展场，调出了展场前一天晚上的监控，发现了穿着小礼服的晟翊在凌晨 1 点的时候出现在画面中。奇怪的是，晟翊伫立在展场的一个空间中，似乎在说着什么——从监控看，是一个四联画中的一幅，但事实上是一个楼梯拐角，和其他楼上楼下的空间联合形成一个四联画的效果。接着，晟翊拿出两瓶药吃了下去。

接下来，晟翊消失在四联画中，然后出现在一楼，从挂着网的那幅作品旁边的门出去。可是监控画面中从头至尾只有晟翊一人，并没有出现其他人的身影。肖凯想：这个晟翊离开展场后就直接去了案发地。找到的轿车，后备箱没有任何尸体曾经待过的痕迹，没有发丝，没有衣物，甚至连气味都没有，警犬也没有在后备箱里嗅出什么。

肖凯赶紧派人追查那辆三厢轿车案发前一天的行踪。通过城市道路监控，他发现这辆轿车当天白天停在晟翃家所在的小区，一直到夜晚。夜晚来临的时候，晟翃自己上了这辆车。

如果第一案发现场是展场，但是当天晚上，除了晟翃之外，没有出现过其他人的身影，也没有任何其他人或者尸体存在过的痕迹。如果说第一案发现场是晟翃的家，但是没有任何监控或者人看到晟翃和任何人接触的画面，晟翃的家里也没有任何拖动过的痕迹。

肖凯在晟翃画展的展场里百思不得其解，站在晟翃曾经站过的位置左看右看。摆诚玥拿着从监控视频中截取的照片对照着也在这个空间里，到处查看。

突然，肖凯像是发现了什么似的拿过摆诚玥的照片：是展厅一个监控器截取的照片。照片是一个四联画，右上部的空间中是晟翃的一张摄影作品，似乎是一颗头颅，也似乎是人体皮肤的一个部分；右下部空间也放着晟翃的一幅摄影作品；左下部空间放着一个画架，画架上是晟翃的另外一幅作品，只是由于摆放的角度不同，观众只有进入这个空间之后才能够看到画面内容；左上部看上去是一个大小和其他 3 个空间一样的空间，事实上是由楼梯构成的，是展厅 1 楼通往 2 楼展馆的楼梯，和其他 3 个展示空间构成了一个四联画——这里也是晟翃曾经站立的空间。

这幅监控器截取的画面和晟翃摄影集中的一幅作品《闯入的第四空间》很相似。肖凯打开手机上晟翃的电子书。在摄影集里的那幅《闯入的第四空间》的四联画里，放置的作品和监控截取画面有所不同。关于这幅作品，晟翃在文字中是这样描述的：

四联画，以完全不同的画面侵略度占据我们的视线，冲突的是柔与刚，依赖于独立，混沌和清晰，给观者一个探索新内容的机会，朝哪里发展都是正确答案。只是想要看清楚任何一个画面的内容，非得你亲自进入到闯入的第四空间。

这幅作品的注释说明：作品拍摄于一年前，在纽约一座博物馆观看展览时拍摄的巧合画面。

肖凯抬头找到了那个监控器。监控器的位置并不在屋顶天花板上，较其他监控器的位置更低一些。肖凯调取了展场几天前的资料。

前几天的展场监控显示：从7月28日下午到7月29日上午12点，整个区域没有监控；在7月28日下午之前以及7月29日上午12点之后，大部分区域都有监控。28日那天，晟翃在2楼的位置拍下了布展过程中的画面，自己安排了这个监视器的位置。为了调整位置，晟翃还和工人吵了起来：工人不同意将监控器放在这么低的位置，一般的监控器在天花板的部位才能监控最大的范围，而晟翃非要让监控器下降一些。监控器上显示日期为7月28日下午16点27分。摆诚玥调查了展览的施工方，证实了监控画面的内容，28日，布展工作已经全部结束，施工方正在撤离，下午，晟翃自己过来调整了监控的位置，这样的调整也导致整个监控系统一直到 29 日上午差不多 12 点才完全调测安装好。

难道从头到尾就是晟翃本人？真的像刘颖说的一样，晟翃自己策划了这一切？

肖凯叫摆诚玥在展场里打开电脑，重新审视晟翃家附近的监控录像。从其中一个拐角的录像隐约可以看到，晟翃从家里出来。摆诚玥说："这么说，第一案发现场就在晟翃的家里。可为什么是晟翃自己一个人出来了呢？为什么哪里都没有凶手的踪迹？"

继续追踪那辆三厢轿车，他们发现了一件令人感到意外的事情：3 天前，有人在二手车市场全款买下了这辆车，还没有办理手续。警方找到了偷车的那个人，调查偷车贼的支付宝，不出所料，是晟翃的经纪人刘颖的账户支出的5000 元。

摆诚玥对于刘颖咬牙切齿："这太明显了！"

肖凯轻蔑地嘴角上扬："明星和经纪人有一些公用的卡很正常。这一点不能证明什么。"

肖凯又从展场后门小巷子的监控中调取资料，仍然只能看到司机的大致轮廓。从其中一帧画面，似乎可以看到司机穿着小礼服。

"现在几乎可以肯定，29 日晚上至 30 日凌晨，这辆车在进入莫奈花园之前是晟翃一个人在驾驶；到了莫奈花园之后，换了一个人。那么凶手可能就在莫奈花园。"摆诚玥有些得意于自己的分析。

肖凯问："晟翊是个女明星，她有自己的豪车，为什么非要开一辆偷来的二手车？"

摆诚玥答不上来。

肖凯指指巷子："这条巷子，只有这类车才能通过。无论是不是自杀，这件事情已经策划了很久。"

摆诚玥开始调查刘颖和晟翊的个人、工作室的财务资料，很快便有了结果。

晟翊个人的资产并没有变化，刘颖也并没有在两人分手之前大赚一笔。

晟翊事实上是破产的状态，银行存款只有几千块，房子在按揭，没有支付完的按揭款有一千多万。豪车是工作室的——晟翊个人名下几乎没有其他资产。晟翊工作室的账务很清晰，没有偷税漏税。当然，最近一年来，晟翊工作室也没有什么收入，基本上都是支出。晟翊工作室最近的一个合约是美国的硬石基金会和工作室的影视合作项目投资，一共一个亿。晟翊工作室正在变更法人代表，从刘颖变为晟翊本人。所以这一个亿的合约还没有履行，也就没有实际的资金进账。

刘颖个人的资产只有十几万，较晟翊多一些，但个人流水显示，刘颖每一次的入账和晟翊的都相对应，其金额也和两人关于酬劳的分配比例相一致。摆诚玥不禁感叹："原来女明星的生活如此不容易，看上去那么光鲜，可是没有广告和片约的话，他们也没有什么其他收入，而且开销还那么大。”

肖凯皱着眉头说：“到工商局调查一下晟翃和刘颖有没有注册其他企业，一般这些明星有可能会有一些关联的公司，也调查一下他们的账务情况。”

这时候，法医带来了一个更正消息：由于药物作用的原因，在死者手部、腿部发现的刮痕并不是死后留下的，而是生前留下的，也并不是拖痕，虽然看上去很像，但实际上是爬行过程中造成的。因为药物原因造成心脏骤停，而那段时间，死者向前爬行了一段，由于用力不均匀，所以造成了手部、腿部的伤痕，像是在没有血液循环情况下造成的。

一切陷入停滞状态。

肖凯又一次看了看晟翃画册中的那幅作品：闯入的第四空间。

摆诚玥也看到了肖凯的手机，发表自己的看法：“晟翃在自己的展览上模仿了这幅照片展厅的样子？”

像突然想起什么似的，肖凯带着刘颖和摆诚玥一起飞奔向警车。警车呼啸着开往晟翃家中——那栋仍然没有全款付完的豪华高层小区。

在晟翃家里，肖凯一进门就站在门厅处，没有朝里走，摆诚玥则直接走了进去。看到肖凯没有朝里走，她又退回到门厅。肖凯拿着监控器截取的四联画照片，在门厅的位置愣住了：晟翃的家里也有一个四联画。右上部是晟翃的卧室，右下部是画室，左下部是客厅，左上部也是 1 楼通往 2 楼的楼梯。在门厅处的位置，肖凯开始找起来，地毯、门框、天花板……对于在找什么，摆诚玥也不知道，但是她猜出来，这个四联画包含了不同寻常的信息提示。

门厅的壁灯是一个纸质的3D打印出来的艺术作品，由很多纸卷构成，富有现代感造型。之前肖凯还摸到了这里的灰尘。肖凯仔细观察这个壁灯，终于用手在这个壁灯的里面抽出一张和纸质壁灯似乎一样的纸卷，展开纸卷——晟翊用手写的遗书：

遗　书

我的生活被各种物质的主张包围着，让我无法呼吸，无法生存。这个最后的计划是我真正的表演：用并不玄幻的故事，演出一场自杀，并且把我自己的尸体搬进一个废弃的垃圾堆中。我在寻求一种可能性，进行多维度的创作，扮演我生命中最后一个角色：将自己杀死并且处理自己尸体的人。其实，死亡，也是创建另外一种可能性，这是颠覆秩序形成的新的构成主义，既包含痛苦，又带着些许追溯的意味。给观众一种新的选择的权利吧，将我死亡的那个空间反转，你们可以看到天空。当下的我们，需要有在废墟和垃圾中寻找天空的能力。

肖凯翻看手机，从晟翊的摄影集中找到那张在“莫奈花园”第二层——也就是发现尸体那层中的照片，将之反转过来，原来地面的一滩水映照出天空的样子，看上去好像明媚的天空。

摆诚玥说：“难道从头到尾一直是晟翃一个人导演了这一切？她真的是自杀？”

肖凯转过身：“恰恰相反，现在终于可以把刘颖先生叫来聊聊了。你是晟翃的粉丝，不会不知道晟翃是左撇子吧？你用左手把这个遗书放进刚才那里试试。”

摆诚玥试了半天，因为壁灯本身是用一个一个小纸卷构成的，很漂亮，但是如果不是右手，真的不可能把这样一个纸卷放进去。

摆诚玥不解。

肖凯说：“一个真正想自杀的人是不会在临死前改变自己一生的习惯的，尤其是左撇子这种天生的。”

06

再一次见到肖凯和摆诚玥，刘颖仍然像上次一样坦诚而悲伤。

刘颖说："我知道你们会回来找我，我也知道你们认为我是嫌疑人。但是我没有杀任何人。我会配合你们，知无不言。"

刘颖陷入了回忆中。

和晟翃相遇那年，晟翃正处在一个在这个行业中并不十分乐观的年纪：28 岁。

新人层出不穷。在娱乐行业生存，危机时刻存在。虽然晟翃已经积累了一定的资金，但是这个行业的开支也大得惊人。助理需要工资，化妆、造型一年需要几十万，还有宣传费用、媒体费用什么的，晟翃不仅仅是一个人，而是一个团队。这个团队已经穿上了红舞鞋，需要大笔的资金才能够旋转。参加活动，如果穿的是上一次的礼服，记者们或者一些自媒体的大 V 们就会说晟翃已经走下坡路，没有礼服赞助商了；如果礼服不够漂亮，也会被说是山寨的。

无论是娱乐节目，还是电视剧、电影，晟翃都像是被一根会生长的绳子牵着的陀螺，每转一圈，都越来越脱离这个行业的核心，但绳子却无比坚韧，晟翃很难脱离这样的轨迹。

晟翃抱着可以重塑形象的心态参加一档原创的娱乐节目，自降身价，甚至参与到节目的制作中去，查找各种资料，丰富节目的知识点和娱乐性。可是，这档节目在试拍了一集之后，就被停拍了。主要的原因是投资人认为这档节目没有什么观众基础，将资金投入到另外一档从韩国买回来的娱乐节目上了。

当晟翊闪动着水汪汪的大眼睛，在投资人的怀里问为什么的时候，投资人义正词严地说："韩国的这档娱乐节目已经积累了一个多亿的网络观众，我们就算投资一亿买下版权，也是划算的，不但买下了节目，还买下了他们的观众群。这和购买IP一个道理。我们买下他们成熟的东西，是走了捷径。"晟翊不服气："其实我们有能力做自己原创的娱乐节目啊，为什么一定要买别人的？"投资人说："原创是需要时间积累的，那个投入，加上时间，会更大。"

当晟翊正要说下去的时候，投资人已经开始色眯眯地动手抚摸晟翊的大腿，并且暗示她自己主动："或许我可以想想别的办法，这要看你怎么做。"晟翊真想用抱枕捂住这色鬼的头蒙死他，可是现实是只能婉转而老练地离开了他。

电视连续剧也一样。晟翊曾经问导演：为什么女主表达愤怒和开心都只是瞪眼睛？导演只是回复："观众爱看。你又不是女主，不要操女主的心。"

晟翊和另外一位影视新星竞争一个电视剧。剧中，充满正能量的女主一直自强不息。可是剧终时，女主自己认为最成功的事情，就是嫁给高富帅的男主。晟翊和那个编剧比较熟，聊天时问他："难道写女主成功，一定是通过嫁给一个成功的男人才行吗？难道不可以是女主自己成为一个独立的女人？”编剧几乎没有敷衍晟翃，而是和导演一起选择了那个更年轻漂亮的女孩来演出这个女主，丢给晟翃一个女三的角色。晟翃拒绝了。

晟翃越来越觉得无力，像是溺水在一片汪洋中，脚下和眼前都有陆地，就是不知道如何到达，再怎么努力都是原地转圈。

瓶颈期，晟翃遇到了大她 12 岁的经纪人——刘颖，姓刘名颖，一看就是混娱乐圈的，一直错待在矿产界——这也是刘颖见到晟翃时说的第一句话。没有商人的势利和油腻，甚至还有一丝文艺的小清新气质。

刘颖有一点资产，相比起可以和晟翃打交道的人，刘颖的资产显然是不够的。可是，刘颖决心投资文化娱乐产业，投资了一部电影由晟翃主演。这部电影的票房还可以，虽然并不惊艳，但足以收回成本。这在混乱的电影市场已经足以产生巨大的动力，让投资人、导演、演员等一干人马继续干下去。这部电影的成功刺激了刘颖，也刺激了晟翃的团队。晟翃听取了刘颖的建议，炒了自己的经纪人，让刘颖做自己的经纪人。很快，晟翃开始了第二部电影的工作。两部电影节奏都很快，都是轻喜剧。晟翃学乖了，虽然觉得剧情很白痴，也尽全力去演出，吻戏、床戏、搞笑一个都不少。

晟翃几乎重新回到了娱乐圈的核心，有几天甚至占领热搜的前几名。可是这个时代的娱乐都如流星般易逝，晟翃心里很清楚，单纯从职业道德角度卖力演出。刘颖却信心倍增，积极拓展晟翃的各种资源。晟翃很直接地告诉刘颖，即便当时出现的不是他，而是王先生或者李先生，自己都会和对方结合成为利益关联体。可是刘颖仍然对晟翃关爱备至。

也是因为刘颖，晟翃的事业又出现了几年的转机——刘颖是这样告诉摆诚玥和肖凯的。摆诚玥满脸不屑，因为刘颖投资的那几部片子摆诚玥都看过，既俗气又浅薄，除了热闹，什么也没有。

这样的小成本影片就像是只有淀粉的营养品，短时间内可以起到安慰剂的作用，但慢慢地，就不会有什么真正的作用。事实上，近几年，晟翃接到的角色越来越边缘化，从女二到女五。代言、娱乐节目这些都已经不再关注自己。晟翃正在成为一个鸡肋型的演员。

对于女演员来说，这似乎是每个人都会经历的一个过程，这其中，真正能够度过这段瓶颈期的，少之又少。演戏对于晟翃来说原本就是生存的手段，所以在真实的内心里，晟翃远不如刘颖那般惶恐。可是，毕竟女一和女二的收入是完全不同的，更不用说其他配角了。刘颖开始找强有力的剧本和更加强大的资金支持。

晟翃则难得没有那么多工作，可以有更多的时间去拍照和画画。

刘颖的计划并不顺利，今年以来，他已经无法为晟翃接到角色。

故事很完美。刘颖提到的每一个点都有事实做证据，但这个故事就是晟翊和刘颖的全部吗？摆诚玥虽然不相信，却拿不出证据。肖凯则提出了另一个问题。

肖凯说："刘颖先生，晟翊有一个替身演员叫邢红月？"

刘颖点点头："是晟翊自己找的。只合作过一部戏。"

07

距离8岁的那个夜晚已经过去了20年，8岁那年的那个夜晚隐藏在时间的深处，惊涛骇浪，但在现实中没有任何痕迹。“莫奈花园”依旧在市中心烂尾着，没有人碰触。就像人们已经忘记了晟翃是如何爆红的，仅仅记住了晟翃在娱乐圈的尴尬。过气的明星就像闹市区的一栋烂尾楼——晟翃自己总是这样想。

刘颖找赞助非常难。晟翃虽然并不醉心于演戏，但是没有戏可演就意味着没有收入，晟翃在经济上陷入窘境。

这个时候，一个意外的机会来到晟翃面前——一家国外的基金会约晟翃本人谈一个代言项目，并且打来了定金。刘颖自然兴高采烈地接受了这个项目，还帮晟翃约好了时间。

晟翃精心打扮来见甲方代表。对方是一个女人，美丽的女人。她一出现，晟翃记忆深处的那个角落就被唤醒了——这个女人是宋平。

距离当初的那个事件已经过去了22年，现在的晟翃已经30岁，可是宋平仍然像当初那样明艳动人，更重要的是，宋平穿着一件合体的红裙子。宋平现在叫文森特·宋，美籍华人。晟翃激动地想哭。宋平婉转地请陪同的人员都出去。刘颖不同意，但是禁不住金钱的管束，只好和基金会的总经理一起出去。当房间里只剩下晟翃和宋平时，宋平朝晟翃伸出了双臂。

宋平说："我是在一些娱乐新闻里见到你的。这么多年过去，你长大了！"

晟翃不知道该说什么，抱着宋平开始哭泣。

过了一会儿，两人的情绪都慢慢平复下来。宋平问晟翃："你现在过得好吗？"

晟翃不知道该怎么说，点点头又摇摇头，想了想，说："我在娱乐圈没有背景，没有资源，也不是科班出来的，其实，这个圈子已经不太需要我这样的人了。可是——我还得赚钱。现在钱不好赚。"

宋平说："我能猜到。有人欺负你吗？"

晟翃看了宋平一眼，摇摇头："我记得你说的，要学会保护自己！我很勇敢，有能力保护我自己。"

两人都笑起来。宋平换了一种笃定的语气："我会帮助你。"

晟翃很感激，也有点疑惑："谢谢！可是为什么？"

宋平说："这是我应该做的。你救了我。只是，我有一个条件——"

晟翃说："你说，只要我做得到。"

宋平说："你换掉那个经纪人。"

晟翃说："刘颖？为什么？"

宋平说："我查过他。他原名叫颖上，是颖天的弟弟。"

晟翃笑着说："可是，这有什么关系吗？"

宋平说："颖天就是那天那个——尸体。"

晟翃变了脸色:“那个男人——刘颖真的是那男人的弟弟?”

宋平说:“很多事情我并不想回忆,但是它就在那里,永远不会离去。”

宋平记忆角落里的灰尘开始抖落,“那天”徐徐展开。

宋平长相姣好,刚满 20 岁就被财大气粗的城建集团董事长胡全看上,一年后嫁给了胡全。彼时胡全比宋平大 25 岁,宋平安心待在家里当一个官太太,一边上一个关于烹饪的夜校,一边备孕。一切似乎都很圆满。虽然自己是胡全第三个夫人,可是胡全对自己很好,自己也安心做一个花瓶陪伴在胡全左右。这样的时光不到一年,胡全就被纪检部门调查。树倒猢狲散,原来备受尊重的宋平成了没有靠山的浮萍。宋平完全不知道胡全的生意以及关于莫奈花园的种种,和整个事件牵扯不多。那时宋平刚满 22 岁。

那天傍晚,公司总经理颖天约宋平出来。宋平和颖天不熟。颖天说是有关胡全案子的事情,宋平于是欣然赴约。

令宋平不解的是,颖天将她带到了莫奈花园的废墟。宋平当时没有防备心,在傍晚时跟着颖天走进了这栋已经废弃的建筑中。

颖天说:“胡夫人,你也知道胡总的事,我就不绕圈子了。胡总现在牵扯的事情非常大,得罪的人不是一个两个。你知道这里闹的事吗?”

宋平摇摇头。关于胡全的很多事情,宋平也只是在报纸上看到,具体情况她一概不知。

颖天说：“这里采用了预售的方式，所有的房子现在已经全都卖完了。”

宋平懵懂地看着颖天，甚至不明白这究竟和自己、和老公有什么关系。

颖天微笑着，像是一只鬃狗盯着一只小鸡雏，只需伸下小指头，眼前的宋平就会乖乖听自己的话。

颖天说：“现在，那些钱都消失了。你丈夫负责整件事，钱消失了，那些辛辛苦苦存了一辈子钱的人，那些花了大钱买了这房子的人，他们会善罢甘休吗？”

宋平说：“可是——我并不知道——我从来不管这些。”宋平的大眼睛表现出明显的慌张和恐惧，似乎要流出眼泪。

颖天把手搭在宋平的肩膀上，和蔼地说：“我已经配合警方找到了其中大部分钱。”宋平的紧张有所缓和。颖天用手摩挲着宋平窄窄的肩膀：“可是还有一笔，是你丈夫的小金库，我们相信他藏在了这里。”

宋平说：“我——真的不知道。我老公每个月给我一万块家用，其他的我就都不知道了。”

颖天扳过宋平的肩膀，看着宋平美丽的大眼睛：“你只是胡天的一个花瓶，可能真的不知道。但是你想想，你老公有没有给你说过什么特别的话？比如现金或者密码？”

宋平说：“密码？什么密码？我不知道你在说什么。”

颖天说：“胡全说你知道小金库在哪里。”

宋平说：“我不知道！我从来不知道什么小金库的事。”

此刻，宋平感觉到了颖天的恶意，她颤抖着说：“我……真的不知道。我想回家了。”

颖天一把拉回想要离开的宋平，将她拉回自己怀里，对着她的耳朵说：“胡全说你知道。你好好想想，不说的话，你今天是走不了了！”

宋平开始哭泣：“我什么都不知道，真的。平时老胡什么都不说，也不拿我当回事。”

颖天说：“但是他会保命。他说了，钱就在这个烂尾楼里。”

宋平忽然想起了什么。胡全确实跟自己讲过，如果遇到什么急事，趁没人的时候到莫奈花园，水泥柱子里可以解决问题。当时宋平还嘲笑胡全老糊涂了，给自己讲童话。宋平反问颖天：“你知道钱在这里的什么地方吗？”

颖天看出来宋平的变化，嘴角扯出一丝微笑，用力搂着宋平的腰：“我不知道，所以才问你。你最好乖乖告诉我！”

宋平将颖天推开，但是她完全推不开高大强壮的颖天。宋平有些生气：“我告诉你，你让我走！”

刘颖笑着点点头：“他说了什么？”

宋平又重复一遍：“我说了你就让我走？”

颖天露出不耐烦的表情，大吼一声：“快说！不然你就走不了了！”

“我老公说，如果有一天没有钱了，莫奈花园二楼的水泥柱子里有现金。我当时以为——”宋平还没有说完，颖天已经急不可耐地拿一根钢筋敲打着水泥柱，寻找其中那个空的。

宋平趁机赶紧逃走。颖天一把抓住宋平："在我没有找到之前，你还是乖乖地在这里待着。"宋平大喊大叫："你让我走！不然我喊了！"

颖天用一根绳子将宋平绑在其中一个水泥柱子上："你喊吧，不会有人来的。"

宋平不停地叫喊。刘颖在地上抓起一团脏脏的网纱，把宋平的嘴堵上。然后，他继续用钢筋在这一层每一根水泥柱子上捅，只要是实心的，就换一个。宋平不停地哭泣。颖天只顾着寻找胡天留下来的现金。

宋平此刻非常后悔，她后悔自己轻信了颖天，更后悔嫁给可以做自己父亲的胡全。颖天一直都没有找到所谓的现金，变得十分暴躁。

颖天发疯似的敲打着水泥柱："胡全这个人，一直都在防着我，什么时候都存着一个小金库。"说到这里，颖天忽然停下来："让我想想，胡全是半个月前才跟你说的吧？"颖天看着宋平，宋平哭泣着，颖天似乎得到了答案："一定是的，那时候他已经预感到要出事了。我一周前才知道小金库被搬空了——所以那个水泥柱一定是在半个月前才立起来的。看上去就像是施工时的那种临时的柱子，不是这种承重立柱。"颖天环顾着整个 2 楼层，朝着绑着宋平的这根柱子走过来。

这个城市的傍晚非常漫长，但这天天黑得比较早，乌云早早地占领了天空，此刻虽然一丝风都没有，但很显然是风雨来临的前奏。在灰暗的废墟里，宋平即恐惧又充满了怨恨。这根柱子比其他的柱子更细一些。颖天举着一截钢筋捅进水泥柱——意外的，这根水泥柱是空心的。颖天暂时松开宋平。用双手举着钢筋将表面的水泥弄开——空心里面露出来一大包钞票，用塑料布包好了砌在柱子里。

颖天哈哈大笑。宋平趁机赶紧朝楼下跑，不料被颖天抓了回去。宋平大声喊叫、求饶，但无济于事。

直到22年后，宋平想起这一段往事，仍然忍不住恐惧地浑身颤栗："后面的你都看到了。"晟翊抱住宋平，轻轻地拍着她的背安慰她。女人，无论在哪个年纪，曾经被侮辱的感觉都会侵入细胞，伴随终生，那种无能为力的痛苦，外人无法理解，自己却终生都无法释怀。即便已经过去了几十年，即便颖天已经得到了应得的报应，现在的宋平想起那晚仍然难以平复。

宋平说："那时候的我和颖天相比，是弱小的。我总觉得呼救或者求饶是唯一的办法，逃跑或等待就必定会有人来帮我，而从没想过反抗威胁。你的出现让我有了反抗的机会，让我知道我最可以依赖的就是自己。"

晟翊说："我们应该勇敢！我在娱乐圈里也时常记着。"

宋平说："晟翊，你还年轻，所以我不希望你重蹈覆辙。"

晟翊说："可是——他现在是我男朋友。"

宋平盯着晟翊的眼睛，看了一会儿，问晟翊："你爱他吗？"

晟翃有些犹豫：“我——不太知道——关于爱。我父母很早就去世了，我住在叔叔婶婶家，他们的感情是爱吗？在娱乐圈里，我觉得没有爱情。刘颖现在是我所遇到的对我最好的人。我工作室的一切都是他在打理，我依赖他。这是——爱吗？”

宋平斩钉截铁地说：“不是！”

宋平说：“我年轻的时候，胡全带给了我金钱和虚荣，我以为依附在他的大树下就可以快乐地生活，但我失去了自己。那天我轻易地相信颖天的话，甚至央求他放过我、放过你——晟翃，你知道吗？央求就是我依附别人得到的，我甚至失去了独立思考的能力，遇到问题只能央求。是你改变了我，让我知道我可以依靠自己活着。在男女关系里，男人永远知道自己是谁，女人有时候会迷失，但是我不希望是你。”

晟翃有些疑惑地看着宋平，确实，对于刘颖，自己也并没有那么多心动的感觉。一时之间，她不知道该如何回答宋平，只好换一个话题：“你那天从柱子里拿走了所有钱？”

宋平点点头。

晟翃问：“你现在的一切是因为那天的那些钱？”

宋平哈哈大笑：“柱子里所有的现金加起来只有两百万。我拥有现在的一切是因为我找到了我自己。我这次来找你，是来完成我的心愿。我知道你内心中有一个强大的你，我想看看那个强大的你怎么样了。”

晟翃的眼神变得坚定起来。

08

刘颖拿出了一份合约，是晟翊工作室和邢红月签的合约——交给摆诚玥。

刘颖说："关于这个演员，我了解不多。我是经纪人，找一个替身对于晟翊这种已经不那么当红的艺人来说并不是必要的，更何况还会增加成本，所以我并不同意。这份合约是晟翊自己签的。"

肖凯和摆诚玥看了看合约，确实和在晟翊家发现的遗书上的字迹很像。摆诚玥立即交给物证科做专业辨认。

肖凯接着和刘颖聊天："邢红月后来去了哪里？"

刘颖说："我不知道。她仅仅是一个工作人员。"

这个回答很完美，肖凯一时之间也没有其他证据和资料，因为这个邢红月目前仍然处于失踪状态，由于是一个小演员，所以没有引起像晟翊死亡这么大的社会关注度。

肖凯问："邢红月是晴山县人？那里离京都很远吧？"

刘颖说："我不清楚那个地方在哪里。我和晟翊都是京都人，从小在这里长大。"

肖凯问："你们是怎么找到邢红月的？"

刘颖说："是晟翊找来的，我不太熟悉。那是一年前，晴山县一个企业邀请晟翊去那里参加一个选秀比赛当评委，我一听工作比较简单，报酬还不错，就同意晟翊去了。在那次选秀上，邢红月因为模仿晟翃很像，还得了一等奖。自那之后，晟翃就把邢红月带到了京都，作为她的替身。”

肖凯问：“你同意了？”

刘颖说：“我爱晟翃，我的公司就是为她成立的，所以，虽然不太合理，我还是同意了。”

肖凯问：“邢红月家里还有其他亲戚吗？”

刘颖说：“没有了。”

肖凯又问：“你肯定吗？”

刘颖点点头：“肯定。”

肖凯拿出几组照片，看上去都是晟翃，问刘颖：“你能认出哪张是晟翃，哪张是邢红月吗？”

刘颖看了看几张照片，很快便指出两人，且都是对的。

肖凯皱着眉头：“刘颖先生，你看过尸体，你能确定那是晟翃吗？”

刘颖像是被封印了，楞在那里好一会儿，摇摇头：“我不能肯定。”

肖凯接着问：“你能肯定那是邢红月吗？”

刘颖盯着肖凯的眼睛，表露出一种真诚和无奈，半晌才说：“很像。”

肖凯点点头：“我们经过比对 DNA，确认尸体就是邢红月。”

刘颖嘴角上扬，露出一丝冷笑：“你们也一定有我驾驶那辆车的证据。”

肖凯说：“对，邢红月来到莫奈花园之后，是你将那辆三厢汽车驶入人民路路边一个车棚下面的。我们的警犬从车里嗅出两个人的味道，其中一个味道是你的。我猜，你那天夜里首先到莫奈花园，在那里等邢红月。邢红月死了之后，你驾驶这辆车离开现场，从人民路那个车棚后面钻出去，回家。你家刚好离人民路不远。”

刘颖笑了："可是为什么呢？我为什么这么做？难道这一切背后没有什么阴谋吗？晟翃在哪里？”

肖凯说："所以我们希望你告诉我们这背后的阴谋。这两个人，你分得很清楚，你看看，这个画面里的是谁？”

肖凯给刘颖播放布展期间晟翃到展厅调低监视器的监控画面，还有案发当天夜里出现在展厅“闯入的第四空间”中的邢红月的照片给刘颖看。

刘颖很笃定地说："这些都是邢红月。”

肖凯说："是邢红月假扮晟翃调低了监控器的位置，在闯入的第四空间形成一个视觉盲区。如果我没有记错的话，你那天晚上离开了晟翃家。第二天，也就是7月29日，报警说晟翃失联。事实上，从那天之后，晟翃家大厦的监控中出现的都是邢红月假扮的晟翃。”

刘颖有一点破釜沉舟的感觉："是的。我很担心晟翃，我一直都爱她，晟翃也信任我，所以才给我发了遗书。我没有杀人，没有杀任何人。我可以告诉你们发生了什么。我爱晟翃，她也信任我。当时她在娱乐圈面对各种非议，走下坡路。我把资产投入到她的事业中，成为她的经济人。可是没想到宋平回来之后，她就要和我分手。”

肖凯默默念着这个名字：“宋平？”

刘颖没有理会这一点，继续说：“硬石基金会就是宋平的。这笔钱让邢红月觉得一切有了希望。邢红月很有野心，她羡慕晟翊的一切，包括我。所以，当晟翊提出要和我分手，我——”刘颖脸上闪出一丝难堪的表情：“我犯了所有男人都会犯的错误。从那之后，我想要邢红月走，可是晟翊不同意。她让邢红月假扮她，而她则假扮成不存在的保姆，去莫奈花园拍摄。我们 3 个开始了一段荒唐的关系。”

这一点，和晟翊居住的大厦的门房大爷的说法一致，在 7 月 28 日之前，差不多一个多月时间，晟翊和自己的保姆、刘颖 3 个人住在一起。

肖凯想起自己看到过的晟翊的保姆房，物证科也证实保姆房里的很多物品上都有晟翊的指纹。

“邢红月要的不仅仅是假扮成晟翊，她希望能独立出现在观众面前。但是宋平提供赞助的条件是针对晟翊的，没有人愿意捧这个替身演员。于是，邢红月开始要挟我和晟翊。我不想继续这种荒唐的生活，28 日晚上，我要辞退邢红月，和晟翊因为这件事大吵一架，离开了她家，当然，也没有联系过邢红月。”

肖凯问：“你想辞退邢红月？”

“晟翊那时已经明确要退出演艺圈。没有了晟翊，根本没人认识邢红月是谁，她在演艺圈根本活不下去，没人会请她。邢红月找到我，希望和我合作对付晟翊——她发现自己根本控制不了晟翃。那是当然，邢红月怎么可能达到晟翃的万分之一。"

摆诚玥问："你拒绝了？"

刘颖说："当然。我希望帮晟翃布置完展览就离开。28日，展览已经布置完毕了，我想挽回我和晟翃的关系，于是和晟翃回忆以前的点点滴滴，希望晟翃解雇邢红月。可是她不同意。没想到那天晚上，邢红月给我打电话，告诉我她把晟翃关了起来，约我那天晚上去莫奈花园解决所有问题。我很担心晟翃。"

"我去了，却只看到邢红月，没有看到晟翃。当时我很生气，不想卷进这个女人的疯狂中。邢红月告诉我，晟翃已经死了，并且给我车钥匙，说尸体在车后备箱里。我到车上看到后备箱里并没有晟翃，很生气地回到莫奈花园二楼，却发现邢红月已经死了。我不知道发生了什么，因为害怕，我开着车离开了那里。回到家里，我接到了晟翃的邮件。

"整件事情就是这样。我没有杀任何人，可是一个人真的死了，晟翃也不知所踪。我又成了嫌疑人。"

摆诚玥陷入沉思中。很显然，刘颖说的一切都符合目前的调查。死者邢红月是食用两种过量的药物而死，展厅的监控显示是邢红月自己服用的。目前没有任何证据证明刘颖曾经接触过这些药物，摆诚玥相信刘颖所说的。

肖凯希望刘颖先在拘留室度过24小时，给他们一些调查的时间。刘颖表示理解。

刘颖被关押到拘留室。

摆诚玥不明所以，立即问肖凯："你不相信他说的？"

肖凯说："刘颖说邢红月威胁他，一个威胁别人的人，不可能自杀，这个案件中一定存在一个凶手。"

摆诚玥说："肯定是晟翃呀！你想想：最后出现在展厅的那个人是邢红月，从展厅出来，邢红月开车到了莫奈花园，然后在那里发生药物反应死亡。"

肖凯看了看摆诚玥："你为什么不认为是刘颖？"

摆诚玥说："我觉得刘颖说得有道理。不然的话，为什么会有两封遗书？如果在晟翃家里发现的遗书是邢红月逼迫晟翃写的，那么为什么晟翃要给刘颖再发一封？还有，晟翃从小父母双亡，刘颖几乎是晟翃这几年最亲近的人。"

肖凯说："可是晟翃到现在也没有出现，而且现场也没有打斗的痕迹。"

摆诚玥说："刘颖不是说了吗？邢红月告诉刘颖自己软禁了晟翃，约刘颖去莫奈花园。"

肖凯说："为什么去莫奈花园？为什么不在展厅？还要设计那条诡异的行车路线？"

摆诚玥也说不通这些问题。案件的很多细节似乎都清楚了，却似乎离真凶越来越远——摆诚玥这么认为。

肖凯果断地说："宋平？刘颖怎么知道宋平这个名字？莫奈花园和宋平是关键线索。"

摆诚玥问："真正的晟翃现在在哪里？"

肖凯说："找到宋平也许就清楚了。"

09

莫奈花园的案件卷宗已经尘封了20几年，有十几大本，肖凯和摆诚玥陷在这个至今未解的悬案中。刘颖的拘留时限早已经过去，由于拿不出新的证据，肖凯不得不放了刘颖，只能对他保持监视。

肖凯发现了宋平的踪迹：宋平是城建集团董事长胡全的第三任妻子。胡全自杀之后，宋平就离开了中国，现在名叫文森特·宋。

在没日没夜地查阅了好几天20多年前的案件卷中之后，肖凯已经臭了——一周时间没有洗澡、换衣服，摆诚玥觉得肖凯似乎为这案子拼了命。房贷通知把肖凯从档案堆里拽出来，回到现实社会。摆诚玥不无调侃道：“你这真是从22年前穿越回来的呀，浑身都是时间的臭味。”

肖凯满脸不在乎，一边操作手机还款，一边说：“臭味好处理，钱不好处理，除非是现金。等我，咱们出去一趟。”

肖凯去洗澡、换衣服。摆诚玥还没有吃完一碗泡面，肖凯就又容光焕发地出现在摆诚玥面前。两人开车前往莫奈花园。

肖凯问：“你知道当年买了这里房子的那些人后来怎么样了吗？”

摆诚玥摇摇头：“没听说过，也没有报道。”

肖凯说：“没有结果。那些人有的因为这件事家破人亡，也有的没有什么影响。但是，绝大多数都不了了之了。时间有时候真的很残酷。”

摆诚玥说：“所以现在盖成这样的房子不允许卖了，房地产公司再像这样捞钱就不容易了。这应该是积极的方向吧。”

肖凯问：“你知道那么多人我为啥挑你这个菜鸟搭档吗？”

摆诚玥说：“我不是菜鸟。”

肖凯说：“因为你总能在特别丧气、糟糕的事情中找到不那么糟糕且稍微有些积极性的东西。”

摆诚玥说：“你是说我正能量呗。”

肖凯说：“我说你在处理凶杀案时能抽离出来，这是天赋。”

摆诚玥说：“可是现在这个案子我的天赋没有用。这里几乎被咱们全都查清楚了。我仔细核对过所有细节，没有缺失。”

肖凯说：“那是现在的这个案子的细节。22年前的呢？”

两人又一次来到了莫奈花园。这座哥特式的废墟更加荒凉了，也许是因为醒目的警方警戒带，连拾破烂的都不再靠近。2楼和3楼有几个地方被小鸟占据着，估计还有蝙蝠的巢。

肖凯指指房顶上的鸟巢：“这就是你所说的积极的东西。这里先后死过两个人，所以人类不敢进来，鸟儿们却刚好有个没有人类打扰的地方。”

肖凯在第二层到处走动，不知道在找什么。摆诚玥有些着急：“咱们来找什么？你总得给点线索吧。这一层的每个角落可都被搜查过一遍了。”

肖凯说：“可是那时咱们不知道关于现金的事。”

摆诚玥问：“现金？什么现金？”

肖凯说：“22 年前，这个莫奈花园的管理层贪污了几乎所有房款。案卷上显示至少还有差不多 4000 万没有追回。在那个年代，如果我是这家公司的高管，我其实很早就知道做的事情可能不太对，所以我会怎么给自己留后路？”

摆诚玥说：“留现金或者金子。”

肖凯点点头：“22 年前，总经理颖天的尸体在这里被发现。假设颖天是活着来到这里的，他来干什么？或者说，什么能吸引他到这里来？”

两个人在这个废墟中开始寻找，每一个角落，每一个地方，却没有任何结果。肖凯站在这个废墟的中央，好像突然想到什么似的，说：“如果晟翃和这件事有关呢？我们大胆地想想，如果，晟翃当时在现场呢？”

摆诚玥说：“怎么可能？晟翃那时才 8 岁。”

“文森特·宋为什么会给晟翃这种已经过气的女明星投资一个亿？”肖凯的脑洞让摆诚玥有点跟不上，一会儿是晟翃，一会儿是 22 年前的悬案，一会儿又是这个硬石基金。摆诚玥有点着急：“你是不是疯了？这都是哪儿跟哪儿呀？什么都不挨着。”

肖凯说：“如果我是晟翃，我 8 岁时看到了一次凶杀案，那么一定会记忆深刻。所以——”肖凯调出晟翃的摄影集，找到那张她在遗书中提到的照片，对比着照片站到拍照的位置。

前一次调查时，肖凯就曾经这么做过，当时觉得奇怪，但是没有发现什么。这一次，肖凯发现自己正站在一根不粗的空心水泥柱旁边。柱子里现在居住了一些老鼠，还有其他小动物。

这根水泥柱实在太奇怪了，肖凯有些自责之前的疏忽。在这个偌大的钢结构楼层中，主要的柱子都是钢结构内里外面冠以水泥的，一般来说都是承重柱。不过有时候为了室内的施工方便，会设立一些不那么粗的功能性立柱，这根显然就是这类柱子。奇怪的是，这根柱子是中空的，且这根柱子不是作为楼群管网建设而建造成中空的。比较有可能的是用来存放东西。存放什么呢？肖凯想到了现金。

摆诚玥问："接下来咱们做什么？"

肖凯说："想办法找到宋平或者晟翙。"

摆诚玥又问："怎么找？"

肖凯说："通过现金来找。"

摆诚玥调查了近一个月以来从境外汇入中国的大额资金，终于找到硬石基金汇往中国一家叫作汇景贸易公司的一笔大额资金。摆诚玥有些兴奋：汇景贸易公司刚刚成立一个多月，法人是晟翙，成立之后就只有和硬石基金的一笔交易。而且这笔钱中的一半——5000 万元被分成大约 20 次，在一个月的时间内被提成现金。

进一步调取银行监控，肖凯和摆诚玥都发现，基本上都是邢红月提的。

肖凯沉思道："这么多现金，会放在哪里呢？"

物证科的结果出来了，在那根中空的水泥柱里没有发现什么有用的资料。肖凯有些失望："不在这个柱子里，那么在哪里呢？"

肖凯翻看着晟翃的摄影集。看着闯入的第四空间，他忽然想起来，闯入的第四空间其实有两个，第一个在摄影展展厅，第二个在晟翃家。

肖凯和摆诚玥来到晟翃家——这里仍然贴着封条。

肖凯让摆诚玥在门厅处站着，自己进入楼梯拐角——这里虽然比展厅小很多，但是在楼梯的拐角处没有格外的空间，就是普通的楼梯拐角。肖凯敲着这个拐角的墙面——墙是空的。

摆诚玥露出期待的眼神。两人都戴上了手套，在这面楼梯拐角的墙面上仔细寻找，终于找到一个暗格，用工具打开之后，里面整整齐齐地码着钞票。

警方再一次对晟翃的住宅进行搜查。肖凯突然问摆诚玥："刘颖告诉我们他从莫奈花园把车开到人民路的一个车棚，为什么非要从车棚后面的网钻出来，而不是直接走出来？我们接到报警发现尸体，刘颖主动到警察局找咱们去认尸，每一次都是刘颖主动找我们。赶快去他家，快！"

肖凯叫摆诚玥赶紧联系警队，自己几乎是奔到车上飞奔到人民路刘颖的家。路上和负责监视刘颖的警员对话，警员没有发现任何异常。

肖凯和警员来到刘颖的家门口，让警官在门口埋伏。

敲门。刘颖自己来开门，见到肖凯，他笑容可掬：“肖警官，这么晚来找我？案件有进展了？”

进门后，肖凯笑眯眯地问：“颖上先生，是你吗？”

肖凯一边问问题，一边到处观察。这是一个和晟翊的住宅很像的两层。和晟翊的家不一样，这里更普通一些，一进门就是宽敞的客厅。刘颖给肖凯和警员倒了酒。

刘颖说：“你们还真的做了不少功课。颖上是我的原名，我哥哥去世后，我家变化很大，大约高中时候改的这个名字，随我妈姓。”

肖凯点点头，手放在枪套上：“刘颖先生，我们查到硬石基金一个月前给刚成立的汇景贸易公司汇了一个亿。这笔钱在到账后，在一个月的时间中分 20 次被支取成现金。支取完毕的时间刚好是 28 日，也就是你离开晟翊家那天。这一个月的时间，你不可能不知道邢红月每天给家里带来几百万现金吧？”

肖凯的手一直保持着攻击的姿势。刘颖看着肖凯，笑着喝了一口酒：“那又怎么样？”

肖凯说：“你告诉我晟翊在哪里。我猜，你没有得到一分钱，也许我能告诉你钱在哪里。”

刘颖露出了瘆人的微笑：“你真是一个聪明的人。我很想知道你是怎么查到这些线索的。”

肖凯说：“你不敢杀晟翊，因为只有她才能告诉你现金在哪儿，而且，账户里还有 5000 万，需要她的亲笔签名才能提取出来。告诉我，她在哪？”

刘颖说：“你为什么不直接申请搜查令？让我猜猜，你没有任何证据吧？你们有一位警官每天都守在我家楼下，我也没有出去过。所以我有什么可担心的呢？现在好牌在我手里。”

肖凯说：“我给你一次机会！在叫文森特·宋的原名宋平的时候，我就知道是你做的。你是当年莫奈花园被害的总经理颖天的弟弟，有充分的理由对付宋平。当然，这些都是我的推测，我今天来是告诉你——我找到了钱。”肖凯用充满戏谑的眼神刺激着刘颖。

刘颖显然上钩了：“你真是一位好警察。如果 22 年前你是我哥哥那件案子的调查警官，就不会有今天的事。可惜，你今天一无所获。”

肖凯继续刺激刘颖最在乎的东西。“那么你也一分钱都拿不到！”肖凯盯着刘颖，“你要的到底是钱，还是晟翊？”

刘颖看着肖凯。这时，飞过来一个拳击手套，一下子将肖凯击倒在地。刘颖一把抢走了肖凯的枪：“说吧，钱在哪里？”

肖凯说：“你知道袭警的罪名吗？”

刘颖一脚踢在肖凯的肚子上：“宋平和晟翊教会我的就是心狠手辣。原本我控制着一切，但是晟翊，她打破了这一切，她害死了邢红月！”

肖凯问：“晟翊在哪里？”

刘颖问：“钱在哪里？”举起枪对着肖凯。

此刻，肖凯的手机响了，是摆诚玥，肖凯用眼神看着刘颖，刘颖哈哈笑着，恶狠狠地说：“这都是晟翃的诡计！你的同事们要来了吗？我什么也得不到，那就找两个陪葬的！”说完，一枪朝肖凯打过去，肖凯躲开了。接着，刘颖举枪对准了自己的脑袋。

肖凯见状，飞起一脚将刘颖的枪踢飞。刘颖趁机掐住肖凯的脖子：“你自己求死！和我一起死吧！”两人扭打在一起。门口的警官听到枪声破门而入，摆诚玥也带着队伍赶到，擒获了刘颖。

和摆诚玥一起到现场的还有穿得像个老阿姨的晟翃。肖凯一时之间也有些混乱。

10

在审讯室里，刘颖不住地冷笑："真正有罪的是晟翃，她和宋平杀了我哥哥。"

肖凯说："说吧。"

刘颖说："邢红月很好办，只要我答应给她像晟翃那样的生活，她就会帮我做所有事。宋平一年前就联系了我们。当时我并不知道她是谁，只是一心想着帮晟翃拉赞助。可是一个月前宋平回国见到我们，当时她一定要和晟翃单独见面，我就知道这个女人和晟翃的关系和我想的不一样。晟翃以前拍照的时候，就很喜欢去莫奈花园，我哥哥又是在那里被害，我一直隐约觉得晟翃和我哥哥的案子有什么联系。直到见到宋平——胡全的老婆——我哥哥被杀之后不久，这个女人就出国了，而且变得很有钱。这些钱难道不是我哥哥用命换回来的吗？紧接着，晟翃向我提出了分手，要我退出晟翃工作室。我知道晟翃偷偷成立了汇景贸易，我把自己的全部都交给了她，她却像扔一件过时的衣服一样把我甩了。而且，宋平还是杀害我哥哥的凶手。所以我拘禁了晟翃，住进了她家里，并且让邢红月扮演她，每天从汇景贸易中支取一部分现金。"

肖凯大惊失色，难道自己的判断是错误的？他接着问道："为什么取回来的现金要放在晟翃的家里？"

刘颖说："我那时太轻视这个女人了。我设计了完美的方案。这个世界的监控太多，我要和整件事情都没有关系。所以，我让邢红月假扮晟翊，再把取回来的现金放到晟翊家里——这是最没有问题的。我临走的时候只带了一个小包，所以，我有证据不可能拿走这么多现金。晟翊的这座房子是工作室购买的，所以，如果晟翊出事，我就是这个房子理所应当的主人。我那时已经控制了晟翊，她不得不同意我的意见，因为她就在我的手掌心。"

摆诚玥问："你那时让她住在保姆房，对吗？"

刘颖得意地笑道："是她自己愿意的，那样离她的画室近一些。我和邢红月住在她的卧室，她也并不愿意看到我们。她只给我提了一个条件，就是给她举办一个摄影展。我想想，刚好可以利用这个摄影展彻底解决她，所以就同意了。

"摄影展布置得很顺利。我踩了点，设计了路线，并设计了晟翊的遗书，还让邢红月帮忙修改了监控。我设计得完美无缺。在监控还没有装好的时候，我让晟翊混成工人，把她关在了那个楼梯的拐角。第二天，我向警方报警，然后让邢红月假扮晟翊在大厦上下。我希望测试一下大家对于这个女明星失踪的反应。很好，警察没有发现邢红月。

"在夜里零点的时候，让邢红月假扮成晟翊在展厅里出现。邢红月会给晟翊喂下过量的复方甲氧那明胶囊和罗红霉素。我的计划就是这样。可是，当邢红月打电话给我的时候，我就知道事情变了。"

肖凯问："怎么变了？"

刘颖笑笑："邢红月让我在莫奈花园等她，说那里不但有我哥哥颖天被害的证据，还有一笔现金藏在那里。我让她给晟翊喂药，晟翊当着我的面咽下了所有药片。只是当时我真是太小看晟翊了。"

另一边，晟翊小口喝着水，给摆诚玥讲述这一个月来惊心动魄的经历。

"我和宋平见面，彼此都很激动。宋平告诉我，任何时候都要保护自己。宋平的要求是：我和刘颖分手，并且以另外一个公司的名义出面，她才能给我赞助资金。我向刘颖提出了分手，并且成立了汇景贸易。宋平也像她承诺的那样，很快就给汇景贸易打来了一个亿的资金。这一切都被刘颖知道了。他住进了我家，监视我。宋平走了，我没有别的办法。好在我做了一些准备，在账户设置了只有我本人的签字才可以支取资金。那时候邢红月很想代替我，她喜欢这样的娱乐圈，而我却很厌倦。刘颖控制了我，我相信他之所以没有杀我，是因为必须要我的亲笔签字。刘颖叫邢红月去取现金，然后带回我的家里。他觉得这样做，他就可以完全和这件事情脱开关系。我知道，他一定会杀了我。我让刘颖帮我办摄影展。这是我和宋平之间的暗号，如果摄影展开幕当天我没有出现，就会遇到不测，宋平会以我的名义给刘颖发一份遗书。这么做的目的就是把你们引到刘颖这里。现金到 5000 万的时候，我以为刘颖会继续等待，可是他决定提前开展。那天晚上他让我写了遗书。我让邢红月插进那个壁灯。这也是我向你们发出的求救信号。

“我不知道刘颖要做什么，可是我知道和他硬来是不行的。于是写遗书那天晚上，看着他离开，我知道那是我最后的机会。我给邢红月下了安眠药。那天晚上，我将所有现金藏在了楼梯的暗格里。因为我知道，只有他们拿不到钱，我才有机会活下来。这个暗格就在闯入的第四空间，可惜刘颖从来不看我的作品。”

晟翃十分虚弱，摆诚玥有些心疼。这个女明星没有了往日的风采，瘦削，蓬头垢面。即便如此，她的声音依旧沉静：“刘颖把我关在展厅的那个楼梯拐角的隔断里。这个拐角是我告诉他的，我说那是‘闯入的第四空间’，我让他设计了这个能够容纳人的小隔间，没想到却是用来关我自己。”晟翃的神情有一些黯然。“那时我还幻想过他可能不会杀我，毕竟还有 5000 万没有取出来。”晟翃眼角带着泪。

“可是发现邢红月带着两种药过来，我知道，刘颖还是要杀了我。所以，我表演了我这辈子最好的一段戏——”

11

晟翙问邢红月："你想要一直做我还是做回你自己？"

邢红月说："晟翙姐，你已经得到的，我都想要。你赶快吃下这些药。你不吃，刘颖还会有别的办法。"

晟翙说："你知道刘颖为什么一定要杀死我吗？账户上还有 5000 万没有取出来。"

邢红月摇摇头。

晟翙说："因为还有一个亿的资金在另外一个地方，是现金。刘颖应该告诉过你，现金在谁手里，就是谁的。"

邢红月说："还有一个亿？刘颖从来没说过。"

晟翙说："刘颖现在这样对我，不会同样对你吗？你不想了解更多吗？

邢红月变得焦虑起来："你说。"

"刘颖有一个哥哥叫颖天，22 年前被人杀死在莫奈花园，就是我经常去拍照的那个地方。你知道颖天是为什么被杀的吗？"

邢红月不解地问："这和我有什么关系？"

晟翙说："因为钱，几个亿的现金。当时那栋楼被贪污了几个亿，美国的文森特·宋，刘颖怎么知道她叫宋平？是因为宋平是颖天当时董事长的夫人。他们因为分赃不均杀了颖天。颖天死了以后，刘颖还小，一分钱都没有得到。刘颖知道宋平的钱是怎么来的，所以威胁宋平。宋平给我一个亿，也是为了解决这件事。可是宋平告诉我当时还有一个亿的现金在莫奈花园，已经22年了，因为在那栋烂尾楼的水泥柱子里，没有人知道。刘颖现在已经知道剩下的钱在哪里了。"

邢红月说："我又不了解莫奈花园，我怎么知道你是不是在说谎？"

晟翃说："剩下的现金就在莫奈花园2楼的水泥柱子里，封存了22年。我在那边拍照时曾经见到过。"

邢红月说："你说的是真的？"

晟翃说："我说的是不是真的，你问刘颖不就知道了？"

邢红月说："你要记住你说过的话。我现在就给刘颖打电话。"

晟翃说："你打开视频通话，我当着你和刘颖的面吃药。"

邢红月有些犹豫，但是她仍然打开了摄像头。晟翃把所有药片都灌倒嘴里，咽下去。

邢红月告诉刘颖自己要去莫奈花园，找22年前莫奈花园里剩下的钱。

刘颖大骂邢红月，不让邢红月去莫奈花园，而是让她尽快开车到人民路指定的那个车棚。晟翃冷笑着说："刘颖，你是怕邢红月从你这里分钱吧。你哥哥当初就是因为贪婪才送了命。"

刘颖狂怒异常。邢红月挂了电话。

晟翃说："我吃了药，你要为自己想想。"

邢红月转身丢下晟翃："我已经想好了，只要你能做到你答应的，我也能。"

邢红月一走，晟翃就将药片全部吐了出来，趁着夜色逃走了，这段时间一直住在展馆对面的立体车库里，假扮成拾垃圾的老人，看着警察在展厅进入进出，有时候还去莫奈花园看看现场。

晟翃认为，在莫奈花园，刘颖强迫邢红月吞下了和晟翃同样致命的两种药物。

而刘颖则坚持是邢红月自己吃了那些药片，为晟翃欺骗她而感到绝望。

摆诚玥又陷入了疑惑中。这该怎么结案呢？肖凯则一副功德圆满的样子："接下来的交给检察官和刘颖的律师吧，看他们如何交锋。咱们继续找22年前有关那个案子的证据。"

从那天起，娱乐圈中消失了一个叫作刘颖的经济人。

娱乐圈和艺术圈中，关于晟翃的故事并没有消失，她参演的作品热卖，她的书也大卖，展览变成了巡展。在"晟翃"去世之后，演艺圈为这位充满艺术气质的年轻女演员举办了很多纪念活动。晟翃这个名字比以前更红了。

晟翃在闯入的第四空间看着那个曾经关着自己的隔间，拨通了宋平的电话："是我。一切都过去了，放心吧。"

宋平说："永远不要放心。要保持清醒。我的生活是一个例外，我的财富也是。所以，记住：你要自己去过想过的生活，不要依赖任何人。”

晟翃想起宋平回国那天。

宋平说：“你真的不需要我留下来帮助你吗？你现在可以信任谁？”

晟翃说：“邢红月。她癌症晚期，还有一个弟弟，我已经答应了照顾她的弟弟。我会说到做到的。她也一样。”

——完——

摄影作品 | 闯入的第四空间
摄 影 师 | 张子康

杨格 YANG GE

摄影作品 | 倒影的次序世界
摄影师 | 张子康

摄影作品 | 网
摄 影 师 | 张子康

倔强的粉红色

倔强的
粉红色

倔强的粉红色

杨 格

01

2175 年，像京都这样的大城市，人们一般住在空中城市，那里生活更便利，空气更好。

小云住在地下 2 层。这是小云能租到的离吕图工作室最近的一处住房。不是说周围没有别的住宅了，而是别的住宅小云都付不起房租。7 天前，刚刚住进这个地下 2 层的小房间，小云觉得这里就是天堂。冬暖夏凉，节省了不少取暖和降温的费用。

吕图是当代活着的、最伟大的艺术家之一，一个高高在上的名字。小云 6 岁时学画画的第一天，老师就告诉她，吕图是那种可以写进艺术史的人物。现在小云 22 岁，刚刚大学毕业，第一份工作就是在吕图工作室，她觉得自己简直是天下第一幸运儿。

但是当警察出现在小云地下 2 层的小房间里，以谋杀吕图的嫌疑将小云带走的时候，小云仍然像是在梦里。

那是自己在吕图工作室上班的第六天，那天，吕图的个展开幕。

小云早晨 5 点 30 分就起床了。昨天布展到凌晨，自己只睡了两个多小时。

吕图个展的海报贴在零号星际展厅门口，很远就可以看到。作品《列维坦之圣明空间》在海报画面的主要位置。旁边的空中正在播放有关吕图的短片，是吕图在世界各地展览和开设讲座的画面。零号展厅来了很多中心区的人，这是一次地球艺术界的盛会。当然，播放的短视频还有一段怀念艾迪逊的视屏。艾迪逊也是这个时代最伟大的艺术家之一，一周前死于非命。吕图和艾迪逊是好朋友。

参加这一大展开幕式的嘉宾都着装美丽且正式。小云只有一件符合要求的乳白色连衣裙，昨天晚上的雨让这条连衣裙变得惨不忍睹，小云知道这样的有灰尘的裙子一定不符合吕图的要求。

零号星际展厅距离京都有 100 多个星际路程，一个星际路程大致相当于地球距离的一万千米。从京都到零号星际展厅有公共飞船，每隔 10 分钟发一班，从吕图工作室到零号星际展厅也就一个小时。可是有了昨天晚上的经历，小云还是决定无论如何到了展厅再解决衣服的问题，总比迟到要好。所以今天一早小云提前赶到展厅，在展厅的洗手间里将自己的连衣裙洗了一遍。用洗手间的烘干机烘了一会儿。连衣裙不再滴水后，小云赶紧把它穿在身上。

穿好连衣裙走到展厅，吕图的巨幅作品《列维坦之圣明空间》充斥着美术馆的中心位置，巨大的作品在1楼至20楼的每个楼层都可以看到。小云在展厅中漫步，可以看到那些自己精心研磨的红色颜料飘散在巨大的空间当中。在阳光的照射下，整个展厅被一片粉色笼罩着，光线所及之处，飞舞着粉色的灰尘。人们穿行在粉色的灰尘中，每一个角落都充斥着美丽的粉红色。小云被这样的场景所陶醉：此刻零号星际展厅是世界上最美好的地方，更何况这样的场景只有小云自己能够看到。小云有一些骄傲，也很沉醉。

人们大多乘坐室内小型飞行器欣赏作品。小云经过一个媒体时，听到他们正在直播："吕图的个展《列维坦之圣明空间》花费不菲，我们知道吕图一点也不担心这个，因为有的是赞助商抢着给他赞助，比如那些飞行器的品牌。从另一个角度来看，这次艺术展就像是星球小型飞行器展，这几乎是星球飞行器品牌竞相表现自己的机会。"

另一个角度，另外一些媒体的声音清晰地传来："那些几何形状，那些颜料呈现出来的质感，都显示出人类极致的创造力。"小云仰着头朝上看，一个人影从上面直接朝着自己逼近，小云吓了一跳，赶紧躲开，定睛一看，是童小鹏。

童小鹏说："看得出来你被这个作品迷住了。"

小云说："是真的好！"

童小鹏说：“和他们浪费的资源比起来，今天的场景更像是讽刺。”

小云问：“你这样出来，不危险吗？”

童小鹏说：“危险的是他们。这些人，这些精英中的精英、上层社会的核心，他们是在回报社会还是在攫取资源？”

小云不知道该如何回答。

童小鹏接着说：“如果我需要你帮忙，你会吗？”

小云睁大眼睛点点头：“可是——”

童小鹏乘着飞行器消失在人流中。

零号星际展厅里到处都是人，开幕式在1楼一个全透明的大厅里举办，只有持有邀请函的人才能进入。整个大厅被透明的建筑材料包围，没有邀请函的人只好在展厅里看透明材料上的开幕式直播。

没有人不想得到一张开幕式的邀请函，因为在通信传播技术越来越发达的时代，人们反倒对人和人真实的接触越来越感兴趣。从屏幕上见到的明星永远没有亲眼见到的带给人的刺激大。和同事一起走进大厅时，小云心里莫名地有一种自豪+优越+兴奋+开心的感觉，就像大热天吃了最喜欢的冰激凌，周围还有一群口渴的上层人眼巴巴看着的那种感觉。

一番眼花缭乱的影像之后，吕图走上讲台。全场灯光变暗，只有一束追光打向吕图——吕图的周围也围绕着灰尘，这个最讨厌灰尘的艺术家此刻被粉色的灰尘所围绕。

吕图声音洪亮：“感谢大家今天能来参加我的个展。首先，我要向我的好朋友——全世界最著名的艺术家艾迪逊表示哀悼。本来，这个时候应该是他站在这里向大家介绍我。可惜，一周前，我们知道，他永远离开了我们。至于他的死因，我相信警方的力量。今天，我的这个展览，我和我的团队，将以艺术的方式来纪念这位世界上最伟大的艺术家。艾迪逊，我们都很想你！我提议，我们默哀 3 分钟。”

整个大厅都变成灰黑色，整个零号星际展厅也是，像是一瞬间撤走了颜色滤镜，整个世界变成黑白色。所有人，无论是在大厅内还是在大厅外，都低下头，摘下帽子，为艾迪逊默哀。可是小云此刻却看到了神奇的、不一样的世界：在黑白灰的整个色调中，所有的空间都充满着淡淡的粉红色，那些粉红色像是带有某种活力一般，那么柔软、轻盈地飘荡，却又那么倔强——这是一幅奇妙的景象。小云忍不住抬起头来看着周围的奇妙世界——监控飞行器由此记录了这样一幅场景：在所有人都低头默哀的时候，小云扬起脸，用充满迷惑和沉醉的眼神左看右看。

一个头发花白的瘦削身影不经意间看到了小云扬起的脸，他皱了一下眉，朝场外看去。这是原界，调查艾迪逊被害案的警官。此刻，他的目光在寻找童小鹏。因为童小鹏的帮助，原界的调查取得了很大进展，但是此时他却担心这个曾经的贵公子会遇到危险。

灯开了，开幕式继续。虽然粉红色依旧萦绕在周围，可是和刚才的景象已完全不同。小云失去了兴趣。

吕图慷慨陈词："究竟什么是艺术？艺术需要别人来下定义吗？当然不是！艺术是我们心灵深处的东西，是我们身边的任何能表达我们思想的所在。我的作品，从物质的角度看都是一些普通的东西，比如钢管、泥土，但是它们如果组合起来，就不是物质，而是思想。这其中，颜色至关重要——红色——无处不在的红色。"

零号星际展厅响起热烈的掌声，开幕式结束了。

小云作为吕图团队的成员，以为吕图会感谢至少提到团队，可是从头到尾，吕图没有提到团队一个字，这让小云觉得自己就是一台机器，和吕图使用的那些机械手臂没有什么分别。小云有些失落。

吕图亲自带着重要的贵宾乘坐飞行器在巨大的作品中环绕——这种观赏方式也是观赏吕图作品的最好方式。

人群像是水中的鱼，在吕图和一些贵宾的引导下，形成一致的方向，自下而上在展厅中环绕飞行。那些颜料的粉末散布在周围。每个人都被吸引了，大家热烈地谈论着吕图的这件作品。小云知道，自己《倔强的粉红色》此刻已经成为历史，和现在的《列维坦之圣明空间》比起来，就像是闪烁了一下的萤火，已经熄灭了。

小云和其他同事的飞行器跟着人群飞行。小云突然发现，简黎不在同事的队伍中。

空中开始出现巨大的影像，人们此刻几乎在零号展厅中向着同一个方向飞行，所以所有人在任何角度都可以看到这个影像：新绛县巨大的垃圾山，垃圾山上最醒目的位置是吕图的上一件作品。一个声音在空中响起：你们现在看到的作品，什么时候变成垃圾？画面提示吕图每次展览完毕之后，没有卖掉的作品就会被运往新绛县扔掉。最近地球不允许倾倒垃圾，吕图被肢解的作品成为新绛县新的垃圾山。画面上出现一个醒目的名字：秦。一个画外音响起：这就是那个基金会——秦。除了制造垃圾，这个基金会就是一个骗局。

保卫人员已经行动起来。

此时在这些人群的最上端，站在飞行器上的吕图突然开始流鼻血，紧接着，耳朵、嘴角也开始流血——吕图此刻的样子十分恐怖，浑身抽搐、七窍流血，血液在空中散播，有的垂直滴下来。小云看到那些颜料被血滴打散，血滴又被颜料颗粒改变了方向，所以空中散播着血滴和很多粉色的灰尘。人群瞬间乱了，有一些血滴到观众身上，惊叫声混成一片，很多人在空中相撞，一些人回到地面上。

此刻吕图已经倒在自己的飞行器上，身体痛苦地抽搐、扭曲在一起。一瞬间，零号星际展厅因为突发事件聚集了全世界的目光。

接着，小云作为嫌疑人被投入冰冷的拘禁室中，一个单人间。一束光从窗户斜照下来，小云待了不知道多久才发现，这是一束模拟光，模拟月光或日光，那个所谓的“窗户”也只是一块显示屏而已。小云反复想着这一周来发生的事情。

一周的时间，自己从偏远的廖将县来到京都，有了一份梦想中的工作，然后那个高高在上的艺术家意外死亡，自己则是第一嫌疑人。

面试那天也是小云来到京都的第一天。

吕图工作室展现出来的高级感和艺术氛围震撼了小云。工作室很大，简约且高级。充满灰、白两色，没有其他的颜色，很多地方挂着吕图的作品。吕图的作品往往充满着各种各样艳丽的颜色。吕图和艾迪逊都是这个时代最著名的艺术家，他们甚至推动了颜料和绘画材料的改革——他们发明了很多颜料，免费公开配方，使每个热爱艺术的人都能使用。能亲眼见到这些作品对于小云来说很梦幻。漂亮的前台小姐苏西好心提醒小云："吕图先生喜欢他的工作人员尽量穿白色、米白色、灰色这类浅色的衣服，这里要一直保持干净整洁。"小云见到的每一位工作室的同事都打扮得精致得体，穿着各种白色、乳白色或者灰色的服装。

小云暗下决心：这就是自己渴望工作的地方，无论如何都要好好干。那天，小云住进了这栋大厦地下 2 层的房间。因为东西很少，搬家几乎在确定房间的同时就完成了。支付房费的时候，小云看着账户上的余额想哭，不过想想即将到吕图工作室上班，她还是开心地在房间里打转。

上班的第一天，也是小云到京都的第二天。

她早早起床洗干净头发，精心地涂粉底、画睫毛，嘴唇用小刷子精心刷上粉红色，甚至连眉毛也都用小刷子一根一根地刷黑——看着镜子里的自己又精神又漂亮，小云不由得咧着嘴开心地笑了。感谢前台的苏西，小云穿上自己唯一的一件乳白色连衣裙，围着一条粉米色的丝巾。在这个大城市的生活将从今天开始。

沿着楼梯走到地面，一推开门，迎面而来的大风将小云的头发吹乱，丝巾瞬间不知飘到哪里去了——这就是一般人类不愿意居住在地面上的原因，地面上总是有风。

狂风掀开了裙子，小云顾不上飞走的丝巾，一只手捂着裙子，一只手按住胡乱飞舞的头发，赶紧上班。大风裹挟着树叶、灰尘在行人中肆掠，乳白色的连衣裙上停留过一小片树叶，留下灰色的印记后随即飞走，又有更多的灰尘袭来。小云赶紧擦拭，可是印记却越擦越大——原本停落在衣服上的灰尘经过擦拭变成一道一道带有一点粉色的灰印记，在乳白色的衣服上十分明显。

灰尘就是这样，停留在衣服上似乎还看不明显，可是擦拭之后就会变成真正的污渍，除非洗干净，否则无法清除。印记越擦越多。小云没有注意脚下的路，在大风的推波助澜下，一不小心跌进了灌木丛——到吕图工作室门口时，小云精心的装扮已经变成了一场邋遢的灾难。站在前台，小云像极了这个奶白色空间中的一坨垃圾。

这是一个高度发达又包含原始的时空。在大多数京都人的眼里，已经没有人类用徒步走路的方式上班了，各类交通工具非常发达，走路这件事俨然已经成为人们日常锻炼的方式之一。但是真实的京都仍然有很多下层人用走路的方式上班。他们往往住在靠近地面的地方，不会超过3层，或者地下几层，他们选择的居住地往往在自己上班的公司附近。他们中，很多人是京都的底层服务者，在各种各样的机构做着最底层的工作，拿着微薄的薪水。也有像小云这样刚刚大学毕业的学生，在某个著名的大公司或者工作室上班，家境普通，还买不起个人飞行器，所以只能暂时住在靠近公司、接近地面的位置。他们中的每一个都把现在靠近地面的生活居住空间当作暂时的栖身之所，京都的年轻人还为其取了名字：暂时舱。可是未来他们究竟是住到京都空中更好的建筑树上，还是继续住在暂时舱里，抑或是回到远郊县城，这就看每个人的命运了。

小云不希望回到廖将县，所以对她来说没有什么不能吃的苦。在洗手间将自己的连衣裙整个洗了一遍，又洗了脸和头发。小云穿着湿漉漉的连衣裙瑟瑟发抖地度过了一上午，连衣裙和自己总算都干透了。

还好吕图一天都不在，小云暗暗庆幸。吕图正在忙碌于即将在零号星际展厅举行的大型个人作品展。零号星际展厅是这个世界最重要的艺术场所之一，坐落在一颗近地小行星上。听说100多年前地球上还有很多艺术博物馆，可是现在，所有的艺术都在各种各样的星际展厅中展出，零号其中最著名的一个，是地球上所有艺术家的梦想之地。

第二天早晨。

小云早起来半个小时，先出门看天气，再回家穿好衣服上班。出门看天气时，她和一个穿着帽衫的长头发男孩撞了个满怀。小云吓了一跳，那个男孩没有理她，也没有道歉的意思，打开 1 楼的一个房门走了进去。

这个世界的天气神出鬼没，前一分钟还是晴天丽日，小云穿戴好出门不久，立即遭遇倾盆大雨。小云又一次在吕图工作室度过了一个湿漉漉的上午。

但是小云很开心，因为老板吕图——那个最伟大的艺术家——没有见到自己狼狈的湿漉漉的样子。吕图当天下午回到了工作室。

这是让人激动的时刻。吕图本人！天哪，小云的心怦怦直跳，她又一次觉得上天对自己太好了，没有让这个伟大的老板看到她狼狈的样子。

吕图真的很喜欢干净整洁的环境。一尘不染，这是吕图对工作室的要求。

“灰尘！前台有一层灰尘！”吕图彬彬有礼但严厉的开场白让很多工作人员都战战兢兢。

苏西怯生生地说：“我们打扫过了，这些灰尘可能是——”苏西抬头看了吕图一眼，就不敢说下去了。苏西本想说这些可能是纳米级别的颜料颗粒，这种颜料颗粒是无论如何打扫都会残留在物体表面的。当然，小云知道那只是普通级别的纳米颜料，事实上，有一个尺寸的纳米颜料会游离在空气中，而不会粘在物体表面。

清洁机器人已经开始打扫前台。

吕图扫视了全体员工，目光停留在小云身上："我希望作品带给人们快乐、信心和自由，那些颜色——我的作品的颜色——它们是有灵魂的。所以我需要一个色彩简单的工作环境，保证我们大家不受到其他颜色的干扰。"

小云小心翼翼地理解：灰尘和颜色之间是什么关系？紧接着，大家都开始忙碌起来，小云也没有时间继续思考这样的问题。意外的是，艺术大师吕图居然找到了小云。

"欢迎你来吕图工作室工作。"吕图微笑着对小云说。小云几乎是吓了一跳，左右看看才确定老板真的是在对她说话，不自觉地紧张起来。

吕图接着说："你的那个作品，《倔强的粉红色》，很不错。"

小云激动得浑身发抖——著名的吕图居然知道自己的作品！这个世界有千千万万个大学毕业生的作品，吕图居然能记住自己的，这简直太美妙了。

吕图走到小云身边："你愿意参与到我的创作中来吗？"

苏西露出羡慕的神情。小云几乎不敢相信自己的耳朵！看到吕图慈祥的眼神她才确定，努力地点点头，内心里几乎高兴得要跳起来——能够参与到大师的创作中，简直是幸运儿中的幸运儿。

吕图的工作区域很大，也很高，像一个巨大的乳白色体育馆。自己地下 2 层的小房间和这个体育馆比起来，就像是一个小火柴盒和一个行李箱的差距。

吕图的很多作品都很巨大，往往一个作品就能占据一整栋10层的建筑。小云当初在看作品的时候就畅想过这样巨大、震撼力十足的作品是如何创作出来的。今天，她终于有机会亲身感受这些伟大的作品。

像小云这样的工作人员有好几个。大家开始忙碌起来，每个人都根据吕图的要求完成作品的一个部分——毋庸置疑，最后完成的作品需要吕图指挥巨大的机械手臂才能组装起来。在吕图巨大的、艳丽的作品面前，小云觉得自己就像一只小蚂蚁，她很期待成品究竟是什么样子的。

吕图很不满意其中一个员工的工作，礼貌但是严厉地阻止那个家伙正在干的事情："停下来，快点停下！你那么做是不行的。"那人正在精准地塑造一段曲线，就像是多维打印机打印出来的。

吕图神情严肃："我们的世界，我们每个人的行动、喜好人工智能都可以模仿，他们可以创造出一个完全虚拟的世界——理论上是这样的，对吗？"所有人都点点头。

"那么有什么是人工智能算不出来的？"

所有人都回答："艺术！"

艺术是这个世界上最受尊重的事物之一。人工智能——无论是生物计算机、云计算、神经算法，都计算不出艺术。无法知道一件艺术作品什么时候、由谁产生，也算不出这件艺术作品会在人类社会产生多大的影响力——无论是绘画、装置艺术、雕塑还是音乐。

在科学的、可以预期和计算的世界中，艺术是一个例外。

当世界上很多事情都变得可以预测，不可预测的艺术是人们最不可或缺的精神粮食。可是这样的现状并不能保证艺术家在这个世界的生存，事实上，艺术家的生存很艰难，吕图这样的知名、有钱、有影响力的艺术家凤毛麟角。

吕图气宇轩昂，一点也不像60岁的人，他声音洪亮地接着说："既然你们都知道，那么我们创作的就一定是那些计算机、人工智能算不出来的东西，是出乎意料的，能够引起人们共鸣的东西。"吕图在巨大的乳白色空间飘浮，小云无法不注意到他昂贵的飞行器。

"可是人们心里的共鸣是可以计算出来的呀，现在我们接触到的所有艺术，都是根据我们的喜好推荐给我们的"刚才被阻止的、那个干得不好的男孩说，他的声音很平静，更像是在自言自语。

"这才是问题所在。如果我们可以预见我们即将看到的艺术，那么我们看到的还是艺术吗？艺术之所以存在的根本是——直觉，艺术家的直觉！我要你们不要去相信计算，不要去相信人工智能告诉你们的。我们有任何可以实现你们直觉的东西，飞行器，有几万个触点的机械手臂，银河系能够找到的所有矿物质、金属或者合金。我要的是什么？是除了人类之外，任何智能都无法计算并且合成出来的东西。我要你们用自己的想象去调颜色，而不是根据电脑告诉你们的色值；我要你们眼睛看到的光线，而不要光线数据带给你们的分析结果；我要你们凭着自己的感受去描画每一个线条，每一片阴影，而不是多维打印机打印出来的没有灵魂的物品。”

小云激动得想落泪，这简直是这个时代最伟大的哲学！不由自主地，小云激动地鼓掌。紧接着，所有工作人员都鼓起掌来。吕图的讲话让小云充满了斗志。

吕图正准备继续说些什么，一声巨大的爆炸声打断了吕图。整个工作室的警报响起，从爆炸的豁口飞进来好多飞行影像采集器。

这是一种麻雀大小的装置，可以到处飞行，随时随地地传送视频资料。几乎是同时，每个人的个人网络就收到了现场的视频资料——显然这些飞行影像采集器和通信网相联接，实时将吕图工作室的画面传送至整个网络。小云惊恐不已，吕图却拍了拍小云的肩膀，要她冷静下来："别担心，我已经料到会有这种情况。有很多人都对我即将展出的作品感兴趣。这其中，有些人不惜铤而走险。"

警察很快就到了，捕捉了所有的飞行影像采集器，工程机械手臂开始修补被炸开一块洞的乳白色墙壁。警方的效率很高，立即展开了对破坏者的调查。

下班的时间到了，吕图和助手们乘坐小飞行器离开工作区域，临走前，他礼貌地告诉大家："明天早晨星球时间9点，我要看到你们所有人。还有一周时间就要展览，我们得抓紧。"

02

著名艺术家在自己的个人展览上意外死亡，引起了全社会的关注。在调查吕图工作室的所有员工、吕图个展的合作伙伴时，警方就已经关注到了小云。

资料显示：小云在远中心廖将县一所普通大学刚毕业，来到京都才一周。此前除了昙花一现的作品《倔强的粉红色》之外，没有行业内的任何重要从业经历，却被吕图点名，承担了这次展览最主要的一部分工作——这一切充满了显而易见的疑点。当然，警方拿到的资料显示，小云有特殊的眼部构造。警方的案件分析程序认为这不重要，属于次要信息——这很有道理，因为这个世界上，身体某一部分特殊的人类到处都是。

只有一个警官原界对此很感兴趣。他自己调取了地球上其他一些眼部构造特殊的人类信息。

吕图死于中毒，一种叫作“负敏”的物质。负敏本身并没有毒性，而和另一种物质“群青”结合则会产生对人体致命的毒性。负敏当天几乎充斥着整个展厅，这种物质来源于吕图的最主要的作品《列维坦的圣明空间》，这个作品上涂满了含有负敏的颜料，而这幅作品的所有颜料正是小云负责研磨并涂抹到作品上的。至于群青这种古老的青色矿物质颜料是如何进入吕图的身体中的，目前还没有答案。

除此之外，还有两个佐证让警方认为这个小女孩和吕图的死有直接关系：

第一个佐证：视频监控显示，当所有人都在为艾迪逊默哀的时候，廖小云却表现出明显和大家不一样的举动。

第二个佐证：监视器监控下来开幕式开始前，廖小云和一个流浪汉见面，这个流浪汉被证实是已故弯月公司总裁的儿子童小鹏，也是当天揭发吕图的骗局“秦”的人。

这些因素足够了。对于警方来说，接下来就是寻找产生证据的动机。相比较而言，动机似乎好办得多。童小鹏的通缉令也已经发下去。

对小云的审讯是在一个阳光明媚的房间中。对于22岁的小云来说，这是一种优待，也是警方最新的一种手段，这样能够降低嫌疑人的心理警戒。可是阳光和房间的布置都是虚拟的，一旦嫌疑人的情绪发生变化，阳光就会变成凌厉的风雨或者暗黑恐怖的山洞——真实的房间是一个全封闭的“铁盒子”，连审讯的警官都是虚拟人。这种做法不仅仅保护嫌疑人，避免双方因为审讯而做出暴力的举动；另一方面，也被看成是对于嫌疑人微表情的监控措施——这个空间中到处都是监控设备，嫌疑人的任何微小举动都会被分析，从而输出给虚拟问询警官，虚拟警官据此比人类警官更加迅速地转变问询策略。

小云在这样的监控当中，耐心地给帅气的虚拟警察解释整件事情：“我从小出生在廖将县。吕图先生告诉我，他很喜欢我大学的毕业作品《倔强的粉红色》。他亲自告诉我这一点的。”

小云的父母是生活在社会底层的人，这没什么好抱怨的，从小云父母出生开始，一切的数据都显示出这一点。像所有下层人一样，小云父母快乐地在属于自己的领域里生活，做一些上层人不屑于做也做不好的工作，比如处理下水道的淤积、打扫化粪池等等。

这个时代人人平等，但不是每个人都有同样的人生。人类本身被分成了上层人、中层人和下层人。比如下层人多半在远郊县城的地面上生活；中心城区的普通人是中层人，他们往往住在空中的建筑树中。小云住中心城区的地下 2 层。

同时，这也是一个公平的世界，所有人的命运都是自己选择的结果。

人类社会到了这个年代，整个世界围绕着一些中心城区发展，京都是其中一个大的中心城区。远郊县城根据一些特定的功能形成一个个县城。在没有功能的县城中，一些县城发展成为中心地区，另一些县城则慢慢消失了。比如小云居住的廖将县是专门清理京都的下水道淤泥的，还有一些县城专门负责食物，另外一些县城专门负责运货等等。整个世界由很多个中心城区和它们周边的功能性县城构成。

中心城区非常巨大、发达，是所有文化、艺术、科学、技术的中心，是人类社会的大脑。发达的交通使这些功能性的县城里的人们可以往返于所在县城中心城市之间，所以中心城市更加纯粹，大部分都是一些上层人居住，也有一些小云这样渴望改变命运的人。

小云从小就不愿意处理垃圾、清理下水道淤泥，也不愿意转化垃圾成为有用的东西——她一直努力摆脱那些和垃圾有关的命运。她比别人更努力，每一步都选择自己更擅长的方向——画画。反过来，学习艺术对于廖将县这种清理下水道的县城里的孩子来说，是一件不友好的事情。小云在老师、同学眼里就是怪胎，所有正规的学习，小云的成绩都很差，因为小云的所有选题考试，答案和问题都没有什么关系。小云的妈妈桐妤很爱小云，所以从小云表现出对艺术的热爱开始，她就一直想方设法帮助小云——桐妤成功了。小云也一直相信自己是一名艺术家，那种可以在京都被人们仰望的艺术家。所以，去京都创作是小云从小的愿望。

虚拟警官把小云的思路拉回审讯室中："吕图先生喜欢你的作品，我们也喜欢你的作品。可这和你到吕图工作室 3 天就成为重要作品的创作助手没有必然联系。"

小云睁大了眼睛："这还不够吗？"

警官说："当然。你还是说说为什么你能在这么短的时间内就让这位艺术大师如此信任吧。"

小云有一些失落："我不明白。"

警官问："你怎么能到吕图工作室工作的？"

小云说："我发了好几份求职简历，然后就接到了吕图工作室的 offer。"

显然，这个回答并不是他们想听到的，即便是虚拟警官，也不得不露出人类式的嘲笑。

警官说：“好吧，我换一个问题。你到了吕图工作室，每天所做的工作是什么？”

小云说：“第一天和苏西一起整理档案，第二天下午见到吕图先生，那是我第一次见到他本人。第三天他找我聊了对我的作品的评价，我非常感动。然后他——”小云在考虑要不要告诉警方关于吕图和自己私下谈的事，大约只犹豫了几秒钟她就决定不说。小云接着说：“吕图先生和我讨论我的作品，《倔强的粉红色》，他希望知道我的这个作品的秘密。”

警官问：“什么秘密？”

小云说：“从艺术创作的角度，吕图先生认为我的作品非常平常，但是所有在展厅看过的人都印象深刻。吕图先生希望知道是什么原因。他可能也找过一些其他专家，只是没有人能告诉他答案。”

警官没有打断小云的话。小云自己停下来，停了几秒，接着说：“我告诉了吕图先生，秘密在于颜料。我的作品的颜料是我自己磨的，用纳米级的研磨设备。”

警官问：“颜料有什么特别之处？”

小云说：“一部分颜料可以飘散在观众周围。”

虚拟警官不太有耐心继续和小云讨论关于纳米级颜料的逃散问题，而是转而问他感兴趣的：“所以吕图就安排你第二天专门负责研磨作品的颜料？”

小云点点头。

警官有些失望："就因为这个？"

小云再次郑重地点点头。

警官似乎也无法说出其他原因。

小云主动说："我有不同于常人的视觉能力，我能够看到那些飘浮在空气中的灰尘。我从小就生活在廖将县，熟悉各种研磨设备，因为清理下水道淤积需要这些设备。"

警官似乎对这些并不感兴趣，只好再次换一个话题："你能解释一下在开幕式现场你的表现吗？"

小云问："开幕式现场？"

警官说："大家都在为艺术家艾迪逊默哀的时候，似乎你和所有人都不太一样。"

小云说："这个——不太好解释。当时的场景，所有的光、颜色和声音干扰在那一刻都消失了，整个空间都是粉红色的颜料颗粒。那些原来是矿物质的东西，比如负敏，能够飘浮在空中，一种淡淡的粉红色充满整个空间。我能够看到这些粉红色的灰尘在游走，看到它们像是有了生命一般充满整个空间。"

警官听到负敏这两个字有些兴奋，像是发现了新大陆一般，在空气中投影出一张照片："这是你到吕图工作室的第一天？"

小云看到这张照片，眼角闪过一丝不安。这时，眼前的虚拟警官变成了一个真人——原界警官。相较于虚拟影像，这位真实的警官更年长一些，看上去比小云大十几岁，满脸胡茬，大大的眼睛闪烁着柔和的光芒，身材清瘦，头发花白而凌乱，并不像虚拟警察那么威武帅气，也不像自己见过的其他真人警察那样肚子滚圆，满脸戾气。

眼前的这位警官看上去像是自己的大学教授。但是原界警官的眼神中似乎隐藏着一只钩子，小云一开始并不害怕，在他盯着自己看了一会儿之后，小云开始感到脊背发凉：显然这位警官正在研究自己的表情和肢体语言，而除了语言之外，人的这些细微的表达更能出卖自己。当然，刚刚大学毕业的小云完全想错了，原界出现，显然有其他的目的，那是人工智能无法获知的领域。

小云咽了一口唾沫，装作若无其事的样子迎着这位真人警官的目光。

原界警官先开口，他咧开嘴展现出一个很慈祥和煦的笑容："别紧张。我姓原，叫原界，我只是想知道一些也许你忘记了告诉我们的事情。"

03

原界没有纠结于那张照片，而是换了一个话题："我一直认为，现代的人类最大的危机就是——不断制造出来各种形态的垃圾。所以什么是垃圾？关于那些艺术家的作品，如何证明它们不是垃圾？"

小云张了张嘴，不知道该如何回答这样一个和案情无关的问题。

原界给小云递了一杯牛奶，温和地说："别紧张。喝点牛奶，这个是从新绛县的天然牧场送过来的，不是小行星工厂上的合成营养液。"

原界自己也端起一杯喝了一口，接着露出一丝自嘲般的笑容："好吧，我看出来你等着被问问题。没人会愿意在这种时候和我讨论这样无聊的问题。"

小云轻轻地端起杯子，小口地呷了一口牛奶，味道很好，像是在廖将县家乡喝过的味道。虽然科技很发达，可是人类还总是摆脱不了一些古老的习俗，比如吃原始的食物。

原界在空中投放出一张照片：小云刚刚从展厅的洗手间出来，乳白色的裙子像开放的花瓣，仔细看，小云两只手似乎不经意地撑着裙摆。

小云有点紧张，端起牛奶大口地喝下去。

原界说："似乎这一周你都穿着这件裙子。"

小云不解地问："有什么问题吗？"

原界说：“很漂亮。”

小云很疑惑。不自觉地，她的脑海中闪现出一周以来的每一个细节：早晨出门不知道天气遇上狂风，到了工作室的前台，自己就像是这个干净空间里的一团垃圾，在大家鄙夷的目光中躲到洗手间。洗手间里没有监控，小云立即实施自己的计划。她脱下连衣裙，穿着内衣在水龙头下洗连衣裙；用洗手间的烘干手机吹干；抱着连衣裙进入一个隔间，穿好；然后从脖子上拿下项链——那是一小罐红色颜料，专门从廖将县带来的，从头洒向自己，尤其在裙摆上……

原界看小云并不想说，仍然笑着打破了沉默：“廖小姐，我可以告诉你一些我们调查出来的事情，虽然这不符合规定。你到吕图工作室的第一天，就故意在工作室投放了一些纳米级的颜料，对吗？红色系的，用负敏做的，就像你给吕图研磨的那种？”

小云依然没有说话，手心里都是汗：“不是，不是负敏。”

原界问：“能告诉我们你为什么那么做吗？”不知道他是不关心还是没有听清。

小云盯着原界的眼睛，相较于虚拟人，她总能捕捉到一个真实的人身上非常细微的东西。她相信，这样的能力不是每个人都有的。从原警官进入审讯室时，小云就知道，眼前的这个警官是普通人的视力，他根本看不到刚才一条飘浮在空中的丝线进入了嘴巴，也看不到飘浮在空中的灰尘——他的肩膀上和裤腿上都有很多灰尘，那种已经结成小团的灰尘——这个人之前去过的地方一定积累了很长时间的灰尘。会是哪里呢？和自己有关吗？

可是原警官的眼神非常笃定，即便自己观察细微，也只能看出这个人熬夜之后的红血丝和眼角的皱纹，看不出狡黠的目光，相反，这个人的目光总有一种温度，和自己曾经见过的那些真人警察都不一样。

原界进一步用温和的语气说道：“廖小姐，我们只是希望了解真相。你知道，现在只有说出真相才能帮到你。我相信你！”

小云仔细看着原警官说这句话时的眼神，没有一丝犹豫，他一定知道了什么。

小云想了想，用笃定的眼神迎接原界警官。即便身陷囹吾，小云依然相信人类古老的天性——善良。

“我出生在廖将县，你一定知道那里是什么地方。”

原界点点头，示意小云继续说下去。

小云说：“从小我就可以看到别人看不到的东西，也可以将它们画下来。我那时就知道，我一定要成为一位画家，所以我很努力。你知道那有多难吗？”

原界露出关切的眼神，悄悄给小云加满了牛奶。

“从小到大的每一个选择，我都和周围的人不一样。在周围人的眼里，我就像一个怪胎。我得到和画画有关的一切都很难。你能理解吗？虽然我们的世界是公平的，民主和自由是我们的信念，但事实真的是那样吗？”

“画画，我即便和京都的孩子同时开始学习，学习一样的内容，可是我们根本不可能做出一样的答案！比如研究小行星带对星际展厅光线的影响，从而还原艺术品真实颜色，还有海域中的色彩还原生物学基础等等，这些选题我从来没考虑过。我甚至从来不知道星际展厅是靠小行星带提供光线的，也从来没有接触过任何海域中的生物。廖将县在大陆内部，是一个充满各种清洁制剂的地方。这个世界带给我们公平的机会，可是我在廖将县如何了解小行星带和海域深处？像你们这样的人是感受不到我们的这些痛苦的，你们以为整个世界都很自由、民主，可是我们的生活是由实实在在的东西组成的。京都的那些知名大学关注这些东西，可那是我并不知道的世界！”

小云越说越愤愤不平。也许是因为审讯室没有别人，小云没有丝毫顾忌：“我的视觉很敏感，即便这样，对于我考上知名的京都大学并没有太大帮助。我该怎么办？在廖将县上大学，然后找机会离开那里！所以我为什么来京都？因为我只有离开那里，才能有机会创作大家都能见到的作品。你知道吗？不是所有人都快乐、心甘情愿地做各个城市的下水道清理工作。我相信也并不是任何一个出生在厨师县城的人都心甘情愿地做厨师！你知道那种感觉吗？我拼尽全力，却真的还没有入门。父母都很支持我，但是我们很穷。为了我能够大学毕业，我们家比周围的人家要多花很多钱。我毕业了，做出了那个作品，被吕图看到，一切又都有了希望——”

原界用赞赏的语气说："《倔强的粉红色》，我看过，很棒的作品。在我心里，你的作品不是垃圾，是真正的艺术。"

小云苦笑了一下。她一直在看着原界灰蓝色的眼睛，只要有一丝的伪装，小云都认为自己可以捕捉到，但是没有，原界警官是真的喜欢自己的作品。

小云继续说下去："我在我的家乡不可能生存下去，因为我要当一个画家，而不是下水道清理员，所以我必须来京都，必须进入吕图工作室。"

小云有一点情不自禁。她努力地控制着自己的眼泪不流下来。廖将县的记忆里，青春期的自己生活得暗无天日。可是她不能当着对面这个人表现出软弱的一面，此刻，真诚要比软弱更有用。

小云调整了一下情绪，接着说："所以我真的希望吕图工作室的人都能够接受我。我希望吕图可以留下我在那里工作，所以我每天都用自己在空中释放那些纳米颜料。"

原界说："你到洗手间在自己的衣服上喷洒这些纳米颜料颗粒，是为了能留下来工作？"

喝了一口牛奶，恢复了平静，小云接着说："那些不是负敏。负敏有一定的毒性，纳米级的负敏容易和其他物质结合。我用的是更稳定的铬红。我曾经跟你们讲过，我从小就知道处理下水道淤积的纳米研磨技术。那些纳米颜料就像一个个纳米机器人，可以完成了不起的事情。我的《倔强的粉红色》就属于这样的创意。颜料可以从画布中游离到空中，飘浮在作品周围。这样的若有若无的颜料颗粒就像灰尘，能带给人类强大的吸引力。人们已经习惯了用眼睛看，也相信眼睛看到的那些实际的东西。相对于人类的眼睛完全看不到的东西，一些若有若无的，尤其是游离在人们的身边的那种灰尘，会挑战人们的视线，让人们不自觉地被吸引。他们以为他们没有看到，但实际上看到了。”

原界点点头："很天才的想法，操作简单，但是原理惊人——那些人们能够看清楚的东西已经不能吸引众人的目光了。"

小云说："所以——希望你能理解——我不能被辞退。可是我这样一个来自偏远县城的人，在京都没有一个朋友，如果不使用这样的办法让吕图对我产生兴趣，我很可能一周后就被辞退了。所以，我让我自己的周围时刻飘浮着纳米颜料，我自己就是我的作品。”

原界点点头："我理解了。你很棒！"

小云说："我住在地下 2 层，只能从地面上走到工作室，如果这些颜料太早释放，路上就会游离到户外的空气中，或者会在衣服上形成灰尘。吕图不喜欢灰尘，所以我每天到工作室后都必须重新洗一遍衣服。等衣服烘干了，再撒上纳米级的红色颜料。"

原界眼中露出怜惜的眼神："你这么努力，想得到的仅仅是保住这份工作？"

小云点点头："是的。我在这里没有朋友，亲友，艺术圈里没有导师，我能怎么办？"

原界若有所思。

小云问了一句："原警官，我可以相信你吗？"

原界嘴角微微上扬，这一次的微笑并不温暖，但是真实："我不知道。但我相信你，尊重你的艺术。关于这个案件，我还需要很多。"原界想了想，还是提醒小云她的权利："我建议你还是尽快找到一个律师和愿意为你服务的私人调查机构。如果你需要的话，告诉你的值班警官，他每天 24 小时待命，随时可以传递你的信息。你要见谁，需要什么律师，他都可以帮你完成。请相信他。"

临走，原界又转身回来："现在你是否可以告诉我，吕图、艾迪逊这些知名的艺术家创作的，究竟是艺术还是垃圾？"

小云说："有一个瞬间是艺术，然后就变成了垃圾。"

04

找律师和私人调查机构？小云没有钱，也没有朋友，如何找？

在那间小小的牢房里，在虚拟的夕阳中，小云想要流眼泪，却一滴也流不出来。也许这就是代价。小云想过最差的情况：自己真的被当成杀害吕图的凶手，流放到一个小行星上，再也回不到地球上。

虚拟的窗户外的景色是海浪，一波波地朝岸上滚动。突然，画面停止了，一个广播声音响起："廖小云，你的律师在会见室。"

律师？是谁请的？

上班第四天，天气炎热，小云却觉得有些说不出的寒冷。

在这样一个巨大的城市中，寒冷的夏天，每个人都很不容易和另一个人交谈。只有在颜料中，只有将画布上图上颜料的时刻，小云才觉得自己真的存在。

吕图依然让小云研磨纳米级的红色矿物质颜料——负敏。

纳米级是一个很宽泛的概念，是一项应用了几个世纪的成熟技术。问题是，究竟什么样的纳米级颜料颗粒会飘浮在空气中而且不会让人看到呢？小云知道。她曾经成功地创作出《倔强的粉红色》——这个世界上原本不存在粉红色，所有的粉红色都是红色的稀释。这项工作，别人做不好，也不可能会，有一些和技术无关的东西在她的心里，只在她的心里。

在吕图的眼里，小云的方法很老套，没有什么新意，好在大部分其他画家忽略了。这是一件有意思的事情，一个乡下的普通女孩，因为其特殊的视力发现了一个调制颜料的方法，这种小聪明几乎很快就会被现代技术模仿。吕图深知这一点。

吕图开始处理这件展览中最重要的作品——巨大的红色装置。他一直想不出用什么名字，现在他不操心这件事了，因为当这件作品完成的时候，名字也自然而然出来了。

后天，作品必须完工，所有作品就要被搬运到零号星际展厅。吕图时不时地看看小云的工作进展。如此受大艺术家重视，工作室的其他员工看小云的眼神开始有些变化，柔和多了，主动打招呼的人也多起来。午餐的时候，小云能够感受到这一点。

简黎依然冷漠且高傲，连招呼都不打，和小云在一张桌子前坐着吃饭却像处在两个世界。从来工作室第二天下午起，和小云一起工作的人就是简黎——刚刚去世的艺术家艾迪逊的儿子。这个圈子称他这种人为“艺二代”，也是这个圈子里最容易得到资源的那类人。即便他的父亲去世了，简黎也依然有足够的资本、人脉可以办展览、创作作品，做这个圈子里可以做的很多事情。所以，简黎表现出来的谦逊和疏离，在小云眼里是一种优越感。

午餐是吕图请营养中心配置的，既营养又美味，只是少了人类的烟火味道。小云像往常一样吃得津津有味，内心里无法不想前一天晚上和童小鹏的对话。她反复想象着“秦”究竟是什么样的项目，以至于简黎坐到对面她都没有觉察。

简黎问：“这些东西，你是真的在吃吗？”

小云抬头看着简黎。他和自己差不多大，白皙且强壮，眼睛深邃，棕栗色的头发，很像是几百年前的日耳曼人种和蒙古人种的混血后代。这个时代，没有谁的血统是纯正的某一人种的，小云自己也是，蓝灰色的瞳孔、黄色的皮肤、细长的睫毛以及瘦削的身形，像是雅利安人和蒙古人的混血后代，当然，小云知道事实上她的血统更加复杂。

小云点点头：“不然呢？你此刻难道在排泄？”

简黎有点不好意思：“廖将县，我曾经去过那里。”

小云点点头，没有接话。

简黎态度诚恳：“我觉得那里很美。”

小云没有什么同感，所以有些冷漠。她突然像想起了什么，问：“你听说过一个叫作‘秦’的项目吗？好像和工作室有关？”

小云盯着简黎看，简黎摇摇头，可以看出来，他似乎从来没有听到过这样的项目。他随即将话题拉回到廖将县：“我在工作室是底层，你也看到了。廖将县离那个高山植物宝库很近，说真的，你从小在廖将县长大吗？很棒！”

小云不知道该如何和简黎说话，毕竟他在明显地想要和自己缓和关系。可是小云不知道该说什么好，简黎说出的“很棒”在小云听来就像是讽刺。可惜简黎并没有感觉到这一点，他继续说:“你为什么来京都呢?我觉得那里比京都好很多。”

小云看着简黎。简黎的每一个毛孔都是真诚的，眼神中没有半点戏谑的意思，可是假设刚才的“很棒”在小云听来是一种戏谑的话，那么这句话就直接打翻了小云内心的天平。小云极力地掩饰着，露出一个虚假的微笑:“我来京都磨颜料，你看到了，我都干了一上午了。”

当天下午，小云和简黎被吕图要求到零号星际展厅现场工作。这个举世瞩目的画展即将开展，从傍晚到晚上，展厅里面热火朝天。几乎所有人都在配合小云和简黎的工作，因为他们负责的是整个展览最最重要的作品——列维坦之圣明空间——吕图终于想到了名字。

晚上收工的时候，已经是地球时间 23 点了。公共飞船到晚上 22 点就停运了。

小云终于忙完了手上的工作。看着空空的公共飞船等候大厅，她有些茫然不知所措。自己虽然以前也在京都旅游过，可是从没有遇到过这样的事情。工作室大部分同事都结束工作回家了，留下来的 3 位，其余两位都有私人飞行器，几乎没有和小云打一声招呼就跨上自己的飞行器——他们 20 分钟后就可以回到地球上的家。

吕图也完全没有考虑过小云如何回家这个问题，这样的问题从来没有在他的脑袋中存在过，工作一结束，他就乘坐自己的豪华飞行器离开了。

当然，小云知道，只要 100 块就可以雇佣一个飞行器回家。可是这费用对于小云来说相当于一周的餐费，小云有些舍不得。自己租那个地下 2 层的房间已经用去了大部分积蓄，发工资还要等 20 多天，一下子花掉一周的餐费，真的不知道到时候吃什么。

在公共飞船等候大厅徘徊了几圈，小云决定回到零号星际展厅去，在那里将就一宿。自己有工作证，应该可以进得去，那里的走廊里有沙发。这样想着，小云赶紧回到展厅。可惜展厅已经关门了，即便有工作证，在第二天早晨 6 点之前也是不会开门的。

小云感到很委屈。刚刚的工作经历和现在的自己就像是两个相反的时空，那个令人羡慕、受人尊敬，在高雅、巨大的零号展厅做着展览中最重要作品的自己，就像是肥皂泡中的倒影，被夜里的冷风一下子吹爆——那只不过是一时的梦幻。

小云原以为自己可以适应京都的一切，人和人的关系冷淡一些，势利一些，物质一些——这一切都没什么。可是当她在这个小行星的荒凉街道上，半夜里无家可归、舍不得 100 块钱搭飞船时，她才意识到，贫穷加上人情淡薄，真的可以让自己在现实中陷入窘境。这时候，所有的自我激励、加油都比不上地下 2 层那个温暖的小房间，或者工资里多 100 块钱。来到京都，自己的代价比那些从小在这里长大的人要多太多。

天空突然开始下雨，鸡蛋一样大的水滴裹挟着灰尘，打在身上就会砸出一片青紫。小云只好躲到屋檐下。寒冷加剧，这样的晚上，小行星的户外是待不住的。小云很想哭，但是哭又有什么用呢？狠狠心，还是搭飞船回家吧。她正准备呼叫，展厅门廊前停了一辆私人飞船，舱门打开，简黎在里面看着小云。

简黎的笑容有些腼腆："嗯，我绕了展厅一圈才找到你，快上来吧，我顺路，稍你回家。"简黎的疏离感消失了。

小云很犹豫，明明刚才简黎已经跨上自己的飞船回家了，为什么借口顺路来接自己呢？小云不相信烂俗的童话，谨慎地看着简黎，没有上飞船，也没有动。

小云担心另外一件事：灰尘——简黎身上的一些特殊的灰尘。这些灰尘应该不属于吕图工作室，甚至不是颜料，而是另外一些物质，比如药物。小云在脑海中搜寻着这些灰尘究竟属于哪种物质。

小行星的雨滴打下来，在周围的各种形状的建筑上砸出一个个小水坑。

小云终于下了决心："谢谢。"

简黎的飞船并不豪华。但是夜里足够遮挡雨，跨越小行星到地球的家。

简黎似乎想聊天。

简黎说："关于你的云测算，都认为有可能成为——"

小云说："画家。"

简黎说:“你有过一幅不错的作品——《倔强的粉红色》。”

小云说:“我希望有一天能以画画为生。”

简黎说:“那是你来京都的原因吧?可是画画不一定就可以成为真正的艺术家。昙花一现的艺术家在京都是生存不下去的。”

小云说:“我有灵感!源源不断的灵感,只要有机会,我就会创作作品。”

简黎看着义正词严的小云,愣了几秒:“我相信你的灵感,也相信你能够创作出能够打动大众的作品!可是——”

小云像是自言自语:“我不会昙花一现。”

简黎似乎想笑:“你——嗯——以为能创作出作品就可以?”

小云有些疑惑不解:“那不然呢?”

简黎问道:“是什么让你觉得昙花一现的艺术家后来就没有灵感的?”

地球时间0点多,小云终于回到地下2层的家里。目前一切顺利,自己在吕图工作室已经第四天。也许简黎说得对,但是小云怎么可能就此放弃?

身在监狱的小云回忆起那天的简黎,终于想起来简黎身上那灰尘可能是群青。那是一种药物,呈蓝色,因为不稳定,所以没有艺术家会用这个东西当颜料。不知道律师是谁请的,应该不会是自己的父母,这样的费用对于父母来说是一笔天价。小云脑海中想到童小鹏和简黎,似乎除了这两个人,小云想不出其他人。关于杀死吕图的凶手，有可能是这两个人中的一个吗？小云禁不住这样想。想到童小鹏谈到吕图时眼神中露出的凶光——如果找到这两个人中任何一人的证据，自己就可以出去了。

05

小云来到京都的第二天就“碰”到了童小鹏。童小鹏住在小云那栋大厦的1楼。

在京都上班的第二天早晨，小云早起来半个小时，先出门看天气，再回家穿好衣服上班。出门看天气时，她和一个穿着帽衫的长头发男孩撞了个满怀——这人就是童小鹏。

那天下午，吕图到工作室后不久，正在给小云他们讲话的时候，工作室被炸开。警察很快赶到，捕捉了所有的飞行影像采集器，工程机械手臂开始修补被炸开一块洞的乳白色墙壁。警方的效率很高，立即展开了对操控者的调查。

那天下班后，小云回到大厦又和早晨那个长发男孩撞上。这个男孩有一双属于上等人的手，白皙细腻，一定没有干过清理下水道这样的活。男孩的脸藏在黑色帽衫巨大的帽子里，牛仔外套和牛仔裤上有很多灰尘和破洞。小云看见牛仔外套上有一些带粉色的灰尘痕迹。男孩说了声对不起，就溜回了自己位于1楼的房间。

小云紧跟着男孩。男孩在自家门口突然转身，把小云吓了一跳。一双警惕的大眼睛从帽衫中露出来，语调明显带着不满：“你干吗？”

小云一点都不害怕，她露出一个迷人的微笑：“你好，我叫廖小云，住在地下2层。”

男孩没有缓和语气："我不认识你。"开门准备进屋。始料未及，男孩突然喊了一声"蹲下"，拿出一把刀朝着小云劈下来。小云吓坏了，赶紧蹲下，男孩用刀将小云身后的一个监视器一劈两半。然后，小云被一把拉进屋里。

另一个监视器紧接着飞到了男孩的门口，转了一圈就飞走了。男孩喃喃自语道："它现在应该躲在什么地方，等着我上钩。"

小云赶紧推开男孩，开门准备走："我先走了。"

男孩赶紧抓住小云的胳膊将她拽回来，并随手关上门："你要死啊！"

男孩恶狠狠地盯着小云："说吧，到底谁派你来的？"

小云知道自己被误会了，赶紧解释："我就住在你的地下2层，刚才就想给你解释，我——在吕图工作室上班。"小云盯着男孩的脸看，随即偷偷地从地上拾起自己的激光笔，准备随时朝男孩打过去。她在廖将县听说过京都有时候会发生一些暴力事件，所以她随时准备保护自己。

男孩看上去很生气："吕图让你跟踪我？"

这时，男孩发觉窗外的异常，立即躲到一个沙发后面。窗外的监视器射进来激光弹，穿透窗户，击碎了桌子上的颜料罐。小云吓坏了，大叫着捂住头蹲在门厅的地上。男孩看着小云在空空的门厅里浑身发抖，吓得像是一只高速路上突然被车灯照到的野兔，在危险面前无法动弹，赶紧爬过来抓住小云朝一个储藏室里拽。小云胡乱挣扎着，用激光笔向对方乱刺。

男孩一边拽一边大喊："别乱动了！这里安全！"进入一个小储藏室后，小云惊魂未定，瞪着眼睛看着男孩，用颤抖的声音说："这些人是谁？难道是因为下午的爆炸？"男孩此刻捂着胳膊，刚才小云的激光笔已经伤到了他。

男孩有些嫌弃地看了看小云，没有搭理她的问话，而是抓紧时机跳出去抽出刀，敏捷地将监视器打个稀巴烂。又从窗户飞进来几个监视器，男孩毫不犹豫地将之一一打烂，随即从窗户跳出去，直接将外面的监视器全部打烂。

小云躲在储藏室墙角，瞪着大眼睛看着眼前这个怪异的上层人，不知如何是好。

男孩用植入手臂上的芯片拍了一张小云的照片——这是在调查小云。小云惊魂未定地问："它们还来吗？或者——外面还有吗？"

男孩摇了摇头。小云赶紧开门准备走。

男孩拦住了小云："你干什么？"

小云说："我——回家，不打扰了。"

男孩说："你刚才说下午的爆炸？"

小云意识到自己似乎说错话了，靠墙站着，保持随时攻击的姿势："吕图工作室爆炸那会儿我就在现场。我并不知道你去那儿做什么，我不会和任何人说的！"

男孩打断她："你怎么知道我下午去过吕图工作室？"

男孩的眉毛拧成一个疙瘩。他是这个时代千篇一律的上层人中长相独特而又赏心悦目的那一类。经过一个多世纪的基因优选，加上日常生活中云的规范指导，现代人类已经进化成为身材匀称、长相美丽的生物群，人和人之间也越来越相似。而其中总有一些人类会保留几个世纪前人类的基本特征，这类并不完美的外貌特征有时候会成为现代人喜欢的类型。

这个男孩有几个世纪前的人类特征，高大瘦削，厚厚的嘴唇，大大的眼睛，鼻梁很高，大眼睛像是隐藏在黑洞中，左右脸并不对称——这样不完美的外貌却很打动人，一眼看上去就有一种不可名状的可靠感，属于人类真正的脸。小云在廖将县的时候，追的明星都是这种并不完美的类型。小云知道这个人是上层人，至于上层人有什么特征，她自己也说不清楚，她只知道自己和上层人的外貌不一样，很多人都知道这一点。

小云赶紧说："我刚才进楼的时候和你撞了一下，记得吗？你身上有灰尘，那灰渍——带有特殊的粉色，是吕图这次作品中的颜色。"

男孩脱下牛仔衣，仔细看了看，找了半天，但是看不出来带有粉色，便拿到桌子上用探测笔照射——这是一种简便的分析设备，可以分析出分子级别的物质属性——确实发现灰渍是负敏。

小云及时补充道："我的视觉系统比正常人敏感，这种颜料颗粒是吕图工作室特有的，我可以看得到。我猜你一定去过吕图工作室。爆炸的时候我在现场，爆炸发生时我透过洞口看到一个人影很像你。”

男孩皱着眉头：“到底是谁派你来监视我的？吕图？”

小云说：“根据你对吕图的了解，他会相信我这样一个来自专门清理下水道的县城，大学刚刚毕业的女孩吗？”

男孩说：“你确实刚刚进入吕图工作室。那么吕图要你干什么？监视我吗？他怎么知道我住在这里？”

男孩一下子问了这么多问题，小云反倒不那么着急着走了，她觉得这其中的误会可能隐含着吕图的秘密，于是她迎着男孩的目光问道：“他们为什么要杀你？”

男孩说：“你先回答我的问题。”

小云叹了口气：“好吧。我真的只是看到你衣服上的灰尘好奇。刚才我已经告诉你了。我也是今天才见到吕图的，我也还不认识你，怎么可能监视你？今天下午是我在吕图工作室上班的第二天，也是刚好碰上那场爆炸。”

男孩说：“你的运气不怎么好。”

小云点点头：“是的，从小就这样。你还没有回答我的问题，你是上层人，你干了什么事，他们要杀你？他们是谁？”

男孩读着资料：“廖小云，廖将县普通清理工的孩子，因为一件作品《倔强的粉红色》而成名，被吕图招聘到工作室上班。如果不是有什么特别的目的，你怎么可能接受这样一份工作？”

小云生气地说：“有没有人告诉你当着别人的面调查是

很不礼貌的行为！我的特别的目的就是要成为像吕图那样的艺术家！”小云有些骄傲，很多人，不仅仅是廖将县的人，包括她在京都见到的很多人，当他们听说小云是《倔强的粉红色》的作者时，都会露出带有欣赏、惊喜和善意的表情，这说明很多人都喜欢自己。但是眼前这个人显然不是。

男孩似乎忍不住地咧开嘴笑：“你？要成为画家？”

小云有些愤怒，这个男孩的反应和苏西很像，苏西面试自己的时候也有这样的表情，小云心里很清楚这些上层人心里的偏见，她的怒火被点燃了：“这有什么不对吗？我的视觉系统和所有人都不一样，你也看到了，很多像你一样的上层人也做不到。我可以看到别人看不到的，也可以画出别人想不到的，还可以感受到所有颜料的情绪，我都知道！那些色彩，那些形状，都有生命，有情绪！”

男孩有点难为情：“我——不是嘲笑——”

小云的愤怒像是一座燃烧的房屋，而这个道歉却仅仅是一杯水。小云站起来，眼里透露出倔强的光芒：“我们都知道这个世界是公平的。从小到大，都是我们自己选择自己的道路。可是真的公平吗？我要成为画家！我有能力成为画家！你们这些上层人凭什么露出那种嘲笑的眼神？难道我出生在廖将县，我的父母一辈子都在做处理下水道的工作，我就不可能成为优秀的艺术家？我就注定只能是昙花一现的人？是什么让你们这么认为？这样的想法本身难道不是该死的偏见和不公平吗？”因为愤怒，小云整个脸涨得通红，身体也像是一只好斗的小公鸡一般绷紧了。

男孩明显有些不知所措："我——对不起，我并不想激怒你，真的！"

小云的眼泪不自觉地流下来，但是眼光却倔强得像铁榔头："我要在吕图工作室工作，在京都生活！在京都生活是我的理想！你们一生下来轻轻松松就实现的事情，我努力了22年，才能够住在京都地下2层的房间。你觉得这是公平的？你们都在说艺术是我们这个世界唯一高贵的东西，可是你们真的尊重艺术吗？你们这些人一生下来就是上层人，有什么资格嘲笑我？"

男孩此刻已经被小云深深地感染："请原谅，我不是嘲笑你，我刚才的态度不对。你也看到了，我和别的人，嗯，和在这里生活的人不太一样。"男孩忽闪着大眼睛："还有，我不应该当着你的面调查你。"

小云并不打算就此接受道歉，她盯着男孩的眼睛问道："你叫什么？"

男孩说："童小鹏。"

小云此刻有些趾高气昂："好的，童小鹏，我得到你的名字可以调查你，但是我没有，知道这是什么吗？这是教养！你们这些粗俗的上层人！凭什么得到那么多？"

小云一把推开童小鹏打开门走了。童小鹏看着小云瘦瘦的背影消失在走廊上的灯光中，愣了一会儿赶紧关上门。

回到自己地下2层的小房间，小云的眼泪终于流下来。

她叹了口气，刚才差一点就说出了一年前的片段，好在自己全身而退。在这个孤独的小屋里，小云伏在床上痛快地流着眼泪，逐渐进入梦乡。

小云上班的第三天。

吕图说过今天早晨 9 点整要到办公室，所以小云刻意提早了一刻钟出门。眼睛红肿，小云用冰凉的毛巾敷到眼睛上，无论如何她都要早点到，因为她必须有时间去洗手间洗衣服。

从楼梯上到 1 楼，小云不自觉地朝童小鹏房间的方向望去。童小鹏的声音从后面传来："我买了早餐，那种真正的早餐，不是云配比出来的营养食品。要吃一点吗？"

小云没有好态度："我从小到大都吃真正的早餐，今天早晨还给自己做了真正的早餐。"

说完，小云又留给童小鹏一个背影。童小鹏身边飞过来一个小通讯器："这样的感情状态 98% 类似于暧昧，是人类产生爱情之前的一种模糊的情感状态。人类的肾上腺素会在这时候增高，所以人类往往会很喜欢这种不明确的心理状态。"

童小鹏说："人类的情感计算不出来！咱们还有事要做。"

吕图的大展就要开始，今天工作区域非常忙碌。小云在巨大的作品边打杂，收拾不断掉落的垃圾。一整个上午，除了进工作室的时候苏西和自己打了一声招呼，没有其他人再理过小云，似乎她只是一个机械手臂。

午餐时分，小云吃得津津有味——别人都是三三两两，只有小云没人理，她只能在吃饭时把所有注意力都放在食物上。

苏西是京都艺术大学毕业的，导师曾经是吕图。

简黎是刚刚去世的大艺术家艾迪逊的儿子，从另一个中心城市的知名大学毕业。

仙蒂曾经在两个中心城市的大学里读书，博士学历，一个世纪以来，她的家族都是上层社会的成员。

悦纳是地区行政官的孩子。京都分十几个地区，每个地区大约有 6~10 位行政官负责地区的云维护和基本服务，虽然整个社会的公共管理都是云自主管理，但是这些行政官是云的维护者和资源的调阅者，某种角度也是地区的负责人。

斯蒂文是京都大商人的儿子。他们家拥有星际采矿权，是超级富豪。

霖环是上层社会中的联络人，也就是拥有很多人脉资源的那类人。霖环是人来疯，他虽然不会像童小鹏一样当着别人的面调查人，但并不妨碍他将工作室每个人的底细，上至祖父母，都调查得一清二楚。

小云这种出生在县城，家里 3 代都是下水道淤泥清理工的人，即便创作出震惊整个世界的作品《倔强的粉红色》，却依然没能赢得同事们的友情。

没关系，小云告诉自己，自己有他们都没有的——超强的视觉系统。

小云正津津有味地吃着机器配比的食物，吕图意外地来到小云身边：“我很少见到人们吃这些东西像你这么津津有味。”吕图不是讽刺小云，而是很真诚地微笑着，让小云又温暖又紧张。

吕图接着说：“这说明你很棒。要知道，一个世纪以来，科技再也没有突破，人们的资源多到用不完——所以，人们也就失去了克服困难带来的乐趣，随之缺少了很多真正的情感，比如爱。”

小云觉得吕图是那种真正的大师。

吕图又说：“你一定很爱这些食物，而不是把它们当成卡路里、维生素和矿物质的集合体。这就是艺术。”

小云很感激吕图。

吕图说：“你上午的工作很棒。什么时候有兴趣，能和我聊聊你的作品吗？那件知名的《倔强的粉红色》。”

小云努力地点点头。她觉得自己幸运极了：“我随时可以，现在就可以！”

站在吕图充满阳光的办公室里，可以从落地窗看到整个中心城区的建筑。

吕图依然满脸笑容，虽然已年届60岁，但是看上去就像刚刚30岁一般。相比起来，自己和他同岁的父母简直像是爷爷奶奶。

小云刚刚坐好，吕图就在空中打开了她的成名作《倔强的粉红色》。

吕图说：“我调取了很多看过你作品的观众的资料。他们都表示看你的作品会让人印象深刻，会产生类似于——怎么说呢，愉悦的情绪。”

小云点点头，保持谦虚的微笑。

吕图说：“你知道这次在零号星级展厅的展览会吸引大部分的上层社会成员来观看吗？”

小云依旧用力地点点头，保持微笑，以至于她的脸都有点僵硬了，但除此之外她还能做什么呢？

吕图说：“所以我需要你帮助我。”

小云点点头：“您叫我做什么都可以。只要我能办得到。”

吕图说：“你很聪明。告诉我这个作品的秘密究竟是什么。我已经研究过了，这真的是不同寻常的情况——《倔强的粉红色》——其实并不新鲜，由一些颜料和几何图形组合在一起。但是几乎每一个在展厅看过的观众都印象深刻。”

小云诚恳地说：“我也不知道具体的原因，我也就是——您知道的，灵感。我说不清楚，是灵感给了我——”

吕图说：“我相信。说真的，我相信！但是我还是需要知道具体的细节，小云，我能给你在这个城市的生活，你是因为我给你的工作才在这个城市生活的，对吗？”

小云点点头。

吕图说：“所以我需要你告诉我，《倔强的粉红色》为什么会引起人们的愉悦感？你用了什么？”

小云点点头：“您经常说的，那种捕捉不到、计算不出来的灵感。”小云看着吕图，她渐渐发现吕图的脸上表现出失望和不耐烦的表情，小云有些不知所措。

吕图说：“我猜你一生都希望离开廖将县，躲开清理下水道淤泥的工作。你已经成功了。我为你开心。但是你也必须对我坦诚相待才行。”

小云努力地点点头：“先生，我发誓我没有什么隐瞒之处。我打开画架，当时想，为什么不做成装置呢？于是我在家乡旁边的一块空地上，用一些树脂做成骨骼，用颜色衔接它们。我不知道如何衔接，就是听脑海中的指引——”

“够了！”吕图打断了她，“你以为我将你从那个专门清理下水道的地方带出来，是为了听你胡扯这些吗？”吕图深吸了一口气，“我真的没有时间了。要么你告诉我你真正做了什么，要么就回到你那个充满垃圾的家乡。”

小云的手心开始冒冷汗，她变得不知所措，充满了不可抑制的恐惧感。

吕图接着说道：“我给你一点提示。看了你的《倔强的粉红色》之后的感觉，听说就和使用致幻剂之后的感觉很相似，尤其是在封闭的展厅中，那种感觉更加强烈。你也是因为这一点而知名的。”

小云紧张得不知道该说什么。

吕图说：“所以，你的作品中的那些几何形状，那些线条，就像是魔术师的障眼法，真正的秘密在颜料。”

吕图没有给小云回答的机会：“现在的致幻剂是一种精准的生物粒子，可以在短时间内让人产生愉快的情绪，也会在短时间内被人体排出——所以我想，会不会在颜料中增加致幻剂会有一些效果。”

小云大惊失色。

吕图表现出一副慈祥的面孔：“可那是违法的。所以我要你告诉我，颜料里究竟有什么秘密？否则你就会成为在我的作品中添加致幻剂的那个人。”

小云到这里终于听出了威胁的内容。

小云的声音有些发抖：“我没有在作品中使用致幻剂！我——自己处理了我用的颜料。”

吕图亲自给小云倒了一杯水：“接着说。”

小云说：“我用纳米研磨设备重新制作了这些红色的矿物质颜料——就像远古时期艺术家们做的那样——一般的颜料都是大分子结构，而我将颜料研磨成纳米级别的微粒。这些红色变成纳米级的粉末之后，奇妙的事情发生了，这些粉末会在空气中游走、飘散——人们以为看不到这些飘浮在空气中的颜料。但事实上它们就在那儿，从装置表面飘散到空中，围绕在人们的周围。”

吕图有些震惊，坐在那里喃喃自语：“这是最简单的办法，但——天哪！确实没有人真的这么做。所以人们并没有真的看到粉红色，而是若有若无的感到有粉红色在周围。就像是——灰尘。”

小云说：“对。所以看过我的作品的人，那些观众，会难以忘却这种感觉——粉红色就在观众的周围，观众们既能够看到又什么都看不到。这些在周围飘浮的粉红色，它们无意识地抓住了观众，观众们下意识地会不断地在作品中寻找。具体要找什么，他们可能并不清楚，但是他们会不断地看作品，所以这件作品给他们留下了很深的印象。”

吕图说：“不是所有纳米级别的微粒都能够产生这种效果。”

小云说：“是的。我可以看到它们，这些颜料颗粒，我知道该研磨多大的。”

吕图露出欣赏的眼神：“你生活在清理下水道的县城，很容易接触到纳米研磨设备。”

小云点点头：“我小时候就知道怎么使用它们。”

吕图说：“用原始的思路，真的很妙！”

吕图在空中翻看小云的资料：“你有异于常人的视觉系统。”

小云点点头：“我一直以为这是您选中我的原因。”

吕图说：“当然不是。不过这不重要！廖小云，你将会获得一些人辛苦工作十几年也无法获得的名誉和收入。只要你能和我合作。”

小云说：“谢谢先生，我愿意和您合作，为您研磨那些颜料。”

吕图说：“这很好！现在就可以开始了。”

小云开心地说：“先生，我还可以创作出大家喜欢的作品。”

吕图盯着小云几秒钟，接着说：“那很好。”

小云点点头：“先生，我不会让您失望的。”

吕图说：“嗯，好吧，祝你好运。”小云看出吕图似乎并不相信自己可以持续创作。

然后，吕图换了一种命令的口吻："我要我的个展也能飘浮着纳米级的颜料。你的工作不要告诉别人。"

下午的工作很忙碌，除了小云，吕图没有让其他员工参与磨颜料这件事。下班的时候，小云累得不想多说一句话。走到自己地下2层的公寓后，小云立即躺到床上，不想再动一下。可是敲门声不合时宜地响起来。小云真的不想起来开门，自己刚刚来到京都，也没有什么朋友，敲门的是谁呢？小云没有搭理，童小鹏的声音响起来："廖小云，开门！是我，我带了好吃的。"

06

小云很不情愿地站起来给童小鹏开门。

童小鹏抱着一堆吃的走进来。小云住的小屋大约只有十几平米，方方正正的，洗手间和厨房都一样大，只能容纳一个人转身；除了洗手间和厨房，就是一个房间，摆着一张床，一张桌子，还有一把椅子，墙角放着小云的画架和一箱书。小云在京都的落脚点就是这样。

小云问：“你来干吗？”

童小鹏一边把吃的放到桌子上，一边说：“我猜你没有吃晚饭。”

小云眯着眼睛说：“我今天真的很累。你——”她忽然看见童小鹏的衣服后面有大片血渍，立即睁大了眼睛：“你身上有血，你受伤了？”

童小鹏说：“什么？后背？”边说边脱下看看，若无其事地说：“没事的，处理过了。今天又有监视器攻击，我从飞行器上摔了下来。”

小云着急地问：“摔了？多高？”

童小鹏说：“就是你老板吕图的办公室。”

小云嚷起来：“那要差不多10层楼！等等，你下午到我老板的办公室里去了？去做什么？你从飞行器上摔下来难道没有自救伞吗？”

童小鹏说：“你一下子这么多问题，我该先回答哪个？自救伞是有的，只是我撞到了树上，然后从树上又摔到地上。”

小云问：“你没有受过飞行器训练？”

童小鹏说：“我当然训练过。只是当时的吕图可能会看到我，为了躲他，我只好摔下去。我们还是说说你老板的事吧。”

小云不解地问：“我老板？”

童小鹏说：“吕图在威胁你。”

小云叹了口气：“我知道，可是他同时也在帮我。”

童小鹏不满地说：“帮你？他在利用你帮他自己！”

小云说：“就算他利用我帮他自己，我和他的资源对等吗？这也是我愿意的。”

童小鹏生气了：“你什么都得不到！他们这些人，占有了很多资源，却从来不会考虑别人的利益。”

小云说：“所以谢谢你。但是请相信：这件事我思考了22年，我知道我在做什么。还是先说说你自己吧，为什么每天都有监视器攻击你？你在做什么见不得人的勾当？”

童小鹏说：“如果我做见不得人的勾当，你这样的小女孩不害怕吗？”

小云说：“你能从我身上得到什么？我什么都没有，刚刚到京都3天。”

童小鹏露出坏笑：“其实也不是什么都没有。”

小云一巴掌打到他的胳膊上：“你别觉得我们廖将县来的就好欺负！”童小鹏觉得胳膊上一阵刺痛，仔细一看，小云拿着一个笔形状的激光枪。他捂着胳膊，委屈地说："我没有恶意。你也看到了，我也在躲避追杀。我们不能放下偏见做朋友吗？"

童小鹏指了指吃的。

小云将桌子拉到床边："你坐椅子，我坐在床上。"

童小鹏乖乖地坐下。这种椅子看上去和正常椅子一样，事实上小一号，高大瘦削的童小鹏坐在椅子上显得十分搞笑。小云看着童小鹏，叹了口气："我坐椅子，你坐在床上吃吧。"童小鹏笑笑："没事，坐在这里挺好。我买的是传统食物，我猜你不喜欢那些营养配餐。"

童小鹏买的传统食物有炒蔬菜和烧鸡。小云真的饿了，大口吃起来。

小云一边吃一边看着童小鹏："追杀你的人是谁？"

童小鹏说："这件事说起来有些复杂。还是先说说吕图吧。他不是好人！你要尽快离开他的工作室。"

小云大笑起来："咱们刚认识两天，你叫我放弃我22年的努力？这是我现在能找到的最好的工作。"

童小鹏说："吕图不可能真的要你这样的人，他只是利用你，用完了，就会把你送回廖将县。"

小云真的很害怕这样的结果，可是自己有办法吗？她只好强装坚定地说："那又怎么样？你不要总是转移话题。那些要杀你的人，他们是谁，你到底做了些什么！"

童小鹏说："你难道没有调查我？"

小云点点头："我比你有礼貌，但并不笨。你的父母是那家著名的企业——弯月的创始人——那个专门处理垃圾的企业。地球上 1/3 的垃圾都是由你家公司运到垃圾小行星的。你是超级富豪！就这些！所以，要杀你的人是谁？劫富济贫吗？"

童小鹏低下头："说实话，我还没有查清楚，只是他们一定和吕图有关。"

小云很吃惊："吕图？他要杀了你？"

童小鹏说："他们这几天开始攻击我，这不是坏事，因为这就证明，我越来越接近真相了。"

小云问："什么真相？"

童小鹏低沉着脸："我父母去世的原因。"

小云觉得眼前的童小鹏有些可怜。转瞬一想，这样的超级富豪总比自己过得好："那你这么有钱，为啥还要住在这里？"

童小鹏淡淡地说："我父母没有给我留下任何遗产。大厦 1 楼的那套房间是我唯一的资产。父母去世后，我被赶出了原来的别墅。"

小云差点惊掉下巴："不可能吧！"

童小鹏无奈地看了小云一眼，居然笑了："事实就是这样。我父母将整个公司捐给了那个项目——'秦'。"

小云问："什么是秦？从来没有听说过呀。"

童小鹏说："一个关于新能源的实验项目。我父母的死也和这个项目有关。吕图是发起人之一。我给你讲这些干什么，你才来京都 3 天，很多事情还是不知道的好。”

小云从来没有听说过这个项目，关于新能源的研究，在这个时代已经并不新鲜或者说早就过时了。人们已经不太关心新能源这东西。小云知道，几百年前人们会为了石油、天然气这些古老的能源发生战争，也热衷于开发风力、太阳能这些新能源。当时的人类绝对想不到，真正解决地球能源危机的不是开发能源本身，而是——星际交通工具的开发。当人类开发出可以飞往临近的小行星带的交通工具后，带来的变化比发现新大陆要多得多。不只一个小行星上拥有各种地球所需的资源，开发代价除了星际交通之外，比地球小得多。可以这么说，现在的世界秩序是在这样的背景下建立的。交通工具解决了能源问题，在这个时代是事实。

对于小云来说，她并不关心什么能源，就像大多数在远郊县城的人们一样，也许这就是中心城区和远郊县城的人的区别之一。像童小鹏这样从小在京都长大的人，一听到新能源这样的项目，可能都会嘲笑，但是小云没有，她只是觉得这个项目有点怪。

小云问：“这个项目有什么问题吗？”

童小鹏点点头：“事实上，这个‘秦’项目目前没有任何研究成果，也没有任何实体，简单地说，这个项目是一个骗局。因为有吕图、艾迪逊这些知名的艺术家参与，所以这个项目有不少人投资。我父母的钱是这个项目的启动资金。”

小云有点吃惊：“这是很大的事情，你为什么不报警？”

童小鹏整个人都黯淡下来："当然报警了。一年前，父母突然去世的时候，我就将自己的怀疑告诉了警方，那时警方也动用了很多力量调查，可是一无所获。我父母最终被认定是单纯的意外死亡。"童小鹏眼里有一些泪水，他强忍着没有流下来。"所以从那之后我就自己调查。已经一年了，越来越接近真相。你的老板——吕图会得到他应得的。"童小鹏说这话的时候狠狠的，露出一种恶狠狠的微笑。小云怜惜地看着童小鹏。

小云从拘留所出来，回到自己地下 2 层的小屋，回想起童小鹏那天的表情，她无论如何都不愿意相信自己卷入这样的麻烦案件是因为童小鹏。不知道为什么，在小云心里，这个住在 1 楼的落魄贵公子不像个坏人。

小云又想到画展开幕式那天童小鹏说的那句话："如果我需要，你会帮忙吗？"难道童小鹏需要的帮忙是让自己成为嫌疑人？

敲门声响起，小云打开门。

07

得知小云被保释，原界警官有些意外，却无能为力。他并不是吕图被害案的主理警官，而是艾迪逊被杀案的警察。一周时间，他查到了艾迪逊被害和吕图有关，且掌握了现场的一些证据，只是完全没有料到吕图本人也在一周后遇害。

著名艺术家艾迪逊被害，是原始的死法，被利器插入脖子，切断了主动脉而死亡。原界进入凶案现场的时候，感觉那场景像是一幅文艺复兴时期的油画。关于艾迪逊的案子的调查已经到了收网阶段，事实上，吕图的个展开幕之后，原界就会邀请吕图到警察局配合调查。因为他知道吕图的个展之后，关于艾迪逊死因的最重要的内容——那个骗局“秦”项目就会被公诸于众，那时候审问吕图，他肯定会露出马脚。加上自己在艾迪逊案发现场的一些关于颜料的物证——吕图专用的充满负敏的颜料，吕图杀死艾迪逊这件事几乎就只剩下时间，很快就可以水落石出了。

现在，吕图死了，廖小云的出现让原界之前的调查结果都显得不那么正确，像是一种嘲讽，似乎之前的方向错了。

原界仔细地查阅了艾迪逊案件和吕图案件的所有细节。

目前吕图案的主要嫌疑人是一个凭空冒出来的女孩子——廖小云。原界从廖小云的资料和关于对廖小云的审讯中，找不出任何和艾迪逊被害有关的内容。

原界赶紧来到小云位于吕图工作室附近的地下 2 层的房

间。小云不在房间。原界心中有不详的预感。这个时候，童小鹏在哪里呢？恰巧童小鹏住在廖小云所在大厦的 1 层。童小鹏之前给自己的讯息有问题吗？

原界和童小鹏相识时间不长，但对于童小鹏，原界多少有一些愧疚，同时二人之间也产生了一定的互信。那是在新绛县，原界作为调查童小鹏父母意外死亡案件的主要负责警官。

一年前的冬季，童小鹏的父母童俊和廖凡在新绛县的松林中一边度假一边写生时，发生意外从山崖上掉了下去，几乎同时去世。由于两人是有名的富豪，警方非常重视这个案件，派神探原界负责调查这个案件。

原界调查了和这个案件相关的所有信息，没有找到任何造成这对夫妻死亡的人为因素，只是有一些关于弯月公司以及两个人财产的遗产太过巧合，多年从警直觉让原界将这个案件当成谋杀案进行调查。

两人持有的弯月公司的股份，在去世前一个月全权交给了一个新能源基金会“秦”管理，也就是一旦两人遭遇不测，则“秦”有权利以整个基金会的名义管理弯月公司所有业务和资产；两人的所有固定资产也全部捐给了“秦”基金会。当然，这类做法是这个时代有钱人的惯例，为了回馈社会，将所有资产捐给一个基金会管理。只是完全不留给两人的独子童小鹏，这样的行为还是有些疑点。

原界立即调查了童小鹏和“秦”基金会。这样的调查耗费了很长时间。

原界还记得和童小鹏的第一次见面。这个刚刚失去父母的年轻人看上去并不像普通的富豪的孩子，而像一个生活在几个世纪前的艺术家——这是原界见到童小鹏的第一印象。

童小鹏从小在新绛县长大，大学时跟着父母的好朋友——吕图、艾迪逊这些知名艺术家学习艺术，大学毕业后又以创作的名义回到新绛县。

童小鹏开门见山地告诉原界：他的父母是被害死的，"秦"项目是一个骗局。这样的说法多少符合了原界心里关于童俊夫妇被谋杀的推测。后来的事实证明，对于警官来说，预设推测是一件危险的事，也是不公正的开始。

对于"秦"基金会的调查非常细致。除了基金会的业务、财务、往来的客户，还有所有员工、发起人以及相关的其他人员。这样的调查即便有各类高科技工具的帮助，却依然不得不惊动很多著名人物，其中就包括吕图、艾迪逊这类著名的艺术家。

"秦"基金会成立于5年前，发起人是童俊、吕图、艾迪逊3人，主要目的是研究和开发新能源——这样的方向在这个时代是令人啼笑皆非的方向，因为地球已经解决了能源问题。而一群艺术家和企业家发起了这个项目，参与这个项目的每一个人都认为：项目本身其实是艺术家们的一次行为艺术，即探讨和研究人类在追求能源过程中所呈现的心理和感情变化。这个项目也因此不被人关注：除了少数中心城区的富豪会象征性地捐款，这个项目很少有人知道。

这个项目唯一被人们津津乐道之处是新绛县的变化。

新绛县曾经是弯月公司管理的专门负责清理垃圾的县城。十几年前，小行星带的垃圾处理场建成后，弯月公司仿照几百年前牧场的样子，将新绛县建成了一个美丽的公园。新绛县几乎是照着几百年前美丽的天山牧场建造的，有分明的四季，延绵的群山，矗立的松林。弯月公司还贴心地从种子圣殿中选择几百年前高纬度地区的各种植物种子，在新绛县的群山中种植上万种几百年前的植物。这个项目被看成是“秦”最为大众所知的内容，但事实上，这个项目在“秦”之前就存在了。在现代科技下，那些几百年前的种子发芽、生长，在短时间内就将新绛县变成一个就像几百年前亚洲中部的样子。而“秦”基金会开展工作之后，新绛县的继续发展和经营由“秦”基金会负责。

新绛县的高山中有深寒的碧蓝湖泊，湖泊边矗立着成片的针叶林，山脚下的河谷地带是落叶阔叶林，四季分明。秋季，这些阔叶林变成了红色或者黄色，整个河谷常常飞舞着金黄或者金红的落叶；春季，高山湖泊边的山坡上，白色和粉色的野花漫山遍野，那是野苹果和野杏的花朵，它们的花瓣会随着微风飘落到湖面上；夏季，整个山区都绿油油的，有很多不知名的昆虫会在夜晚产生各种鸣叫，像一首地球的生命之歌；冬季，这里会下雪，厚厚的白雪覆盖着整个山区，高山湖泊结冰，河谷干枯的枝丫上也覆盖着雪，像是中国的那句成语：银雕玉塑。很多人都惊叹这是几百年前亚洲中部的样子。

新绛县因而成为全世界知名的旅游圣地，却并没有人关心其实是“秦”基金会这几年在背后管理着新绛县。

原界关于“秦”基金会的调查出乎意料地顺利，吕图、艾迪逊都非常配合。当越来越多的资料被分析和关联，原界发现，其中并没有什么见不得人的秘密可言。“秦”基金会甚至还有一丝幼稚，在这个时代，做着格格不入且并不被世人所认可的工作。由于3个主创人员各自的主业实在太过耀眼，所以“秦”基金会似乎处于阴影之中，没有什么大事，没有什么利益纠葛，也没有什么名气。3个发起人相互之间也非常和谐。

至于童小鹏的财产问题，吕图和艾迪逊都认为那是童俊自己的决定，他们没有做过干预。事实上，假设童俊夫妇没有发生意外，童俊的所有遗嘱也早已经订立好，和童小鹏无关。

童小鹏却执意要求“秦”基金会归还原本属于自己的资产，但由于没有任何法律文件支持，童小鹏只有离开自己父母在京都的豪宅。

原界将调查结果告诉童小鹏时，童小鹏已经搬到了位于吕图工作室不远的一栋普通大厦1楼居住。当初自己从新绛县回到京都上大学，父亲童俊鼓励他用自己的积蓄购买一套属于自己的房子，童小鹏当初并不以为然，也不觉得自己有一天会住进这里。

经过几个月的调查，结果居然还是父母死于意外。原界违规告诉童小鹏关于出事那天的所有信息：两人精确到秒的行动轨迹，接触过的人，意外发生时由于自然原因造成不远处的雪崩、整个高纬度针叶林的全程监控以及尸体检测报告等等，一切都没有异常，显示两人确实因为在松林中散步，附近的山顶偶发雪崩，两人意外滑下山崖坠亡。

童小鹏不相信父母就这样意外死亡，告诉原界艾迪逊和吕图两人中的一个一定也会被害。两人因此而大吵一顿。

直到收到艾迪逊儿子简黎的报警，说发现了艾迪逊的尸体，原界才意识到自己经办的童俊夫妻案可能确实错过了些什么。

那时，原界主动和童小鹏联系，与童小鹏一起调查艾迪逊和吕图。可是童小鹏却经常遭遇暗算。原界和童小鹏都认为这是他们的调查接近真相的表现。而主要的目标，就是吕图。

没有找到小云的原界希望立即找到童小鹏，这个年轻人一直没能从突然失去父母的阴影中走出来。廖小云又住在童小鹏所在大厦的地下 2 层，是刻意还是偶然？

08

敲开小云家门的是自己的那个虚拟律师，他告诉小云，简黎此刻在吕图工作室中等她。小云有些疑惑，简黎找自己，为什么在已经被警方封门的吕图工作室呢？来到熟悉的工作室，空空荡荡，没有一个人。小云不明白简黎安排人带自己到这里来做什么。

童小鹏的声音从工作室空中传过来："你是什么时候认识简黎和吕图的？"

小云大惊失色。3 天前的童小鹏和现在眼前的他似乎不是同一个人，眼中透露着寒光，即便整张脸都藏在黑色的帽子里，但仍然可以感受到那目光的尖锐，像是两把利剑刺向自己。童小鹏就像那天在零号星际展厅的大厅里一样，从空中站在小飞行器上飞下来。

小云问："童小鹏？是你约我到这里来的？为什么？"

童小鹏说："先回答我的问题。你是什么时候认识简黎和吕图的？"

小云有些犹豫，然后她语速很快说："我到吕图工作室上班的时候认识了吕图，在这里的第二天认识了简黎。就是你炸开工作室那天。"

童小鹏说："你犹豫了。你在廖将县时不认识他们？"

小云说："我犹豫是因为除了我自己和我在廖将县的父

母，我拿不出证据来证明自己说的话，你依然会认为我在说谎。我在来京都之前，只在媒体上见过他们。”

童小鹏盯着小云的眼睛。小云丝毫没有害怕，迎着这个目光。

小云说:“我从来没有机会认识艾迪逊的儿子。在廖将县，我就是一个一心想要通过画画摆脱进下水道命运的人。”

童小鹏的情绪似乎有一点缓和：“那么吕图是如何知道你，并同意你来工作室的呢？”

小云说：“这个问题你不是问过吗？他——”

童小鹏打断小云的话:“看过你的那幅《倔强的粉红色》，留下了很深的印象，工作室刚好在招人，所以就叫苏西给你寄了录取通知。”

小云说：“对呀！现在我是假释期，这中间如果有什么问题，警察也不会放过我，他们一定会查出来的。”

童小鹏说：“可是他们不知道，吕图根本不可能看到你的那个作品。除非——”

小云说：“你说什么？”

童小鹏说：“世界上在远郊县城学习画画，有特殊身体构造的人太多了；和你的作品同时出来，被全世界各个中心城市展出的作品也有很多，你的《倔强的粉红色》，真的只是其中之一，京都展出的你们这一批新人的作品也不止你一个。可是吕图却看到了你的作品，还把你招到了工作室。”

童小鹏说的话显然是小云从没有想到的，但却很有道理。

和自己一样学习艺术的人有几十万，自己的《倔强的粉红色》为世界所知，但确实不是唯一一幅被世界所知的作品，还有几十幅都是他们这一批毕业生创作出来的、知名的作品。在京都就都可以看到原作，放眼全世界，像《倔强的粉红色》这类让人喜爱的作品更多，在各个中心城市几乎都有。为什么吕图会选择自己，并且在自己到工作室后3天就交给自己重要的工作呢？而且不惜威胁自己。

小云陷入一个连自己不知道答案的谜团当中，懵在那里，半晌后问道："除非什么？"

童小鹏说："除非有人故意让吕图看到你的作品，于是引起了他的兴趣，或者更准确地说，他意识到你有用。你需要告诉我那人是谁。"

小云说："你说什么？"

童小鹏没等小云说完，一把拉起小云的胳膊，将她拽到自己的飞行器上。飞行器很小，如果童小鹏不抱着小云的腰，小云就会摔下去。小云本能地挣扎。童小鹏说："我到这里来主要是找群青，顺便问问你知道多少。现在不安全，咱们得赶快走。"

小云喊道："放开我！你要去哪？"

童小鹏熟练地避开监控，从一个很小的后门飞出去。小云的挣扎显然没有用，童小鹏用手将小云的嘴捂住，抱着小云在黑夜中飞行。

行至一个类似仓库的地方，两人都从飞行器上跌落下来。

小云手里拿着激光枪；童小鹏捂着胳膊，胳膊渗出血来。

小云趴在地上一边观察着周围，一边说：“我脚上带着追踪器，警察很快就会找到这里。”

童小鹏指指周围的墙壁。这是一个废弃的工厂，周围的墙壁都是传统的混凝土，更重要的是，屋顶有很多个信号干扰器。小云看着脚踝上植入的跟踪器，没有了闪光。她有些害怕，慢慢地挪向墙壁，背靠着墙壁想对策。

童小鹏瘸着腿，捂着胳膊，熟练地从一台机器后面的铁柜子里拿出吃的、喝的，都是那种传统的地球食物。他又瘸着给小云递过来。

小云惊恐地瞪着大眼睛看着童小鹏，没有接食物：“你到底要干什么？”

童小鹏说：“已经一天一夜了，我一直没有吃东西，饿坏了。”

小云说：“我是说，你带我来这里干什么？”

童小鹏开始狼吞虎咽地吃东西，看得出来他真的饿了。小云不敢碰这些吃的，虽然她也有些饿。

童小鹏盯着小云的眼睛：“我带你到这里来就是——”童小鹏咽下吃的，嘴角露出一丝微笑：“就是带你过来，只要你在我这里，简黎就会找过来。”

小云吃惊地问：“简黎？你到底在说什么？他为什么要找我？”

童小鹏喝了一大口水，清了清嗓子：“你是他们最好的替罪羊。”童小鹏看小云的眼神似乎恢复到了3天前的那种无辜和关心的样子。

小云迷惑不解：“替罪羊？”在小云心里，此刻的童小鹏充满了危险，但是简黎也似乎并不可靠。而在警方眼里，小云则是吕图被害案的嫌疑犯——自己的处境真糟糕，该怎么办呢？小云不是那种束手待毙的人，眼下最需要对付的人显然是童小鹏。冷静，冷静下来思考这整件事是最好的对策。小云知道自己内心比外表强大。

于是，小云换了一种语气和童小鹏说话，小心翼翼的：“你——伤口需要处理吗？”

童小鹏看看自己的伤口：“我都习惯了。”

小云说：“这一年，你一定很难。”

童小鹏没有想到小云会这样说，从知名的富家公子变成一无所有的穷光蛋，父母双亡，自己这一年确实经历了很多，他有些感动，于是主动说起来：“一年前我父母去世。当时我和原界警官都怀疑和“秦”基金会有关，也调查了艾迪逊和吕图，却没有查出结果。所有证据都显示我父母的死是意外。”

小云想起原界警官那花白的头发、和蔼的眼神。

童小鹏接着说：“他们不知道，虽然我不在京都长大，和父母不是经常见面，可是我和父母的关系很好。我爸爸妈妈，他们俩滑雪是不会那么容易发生意外的。”

小云看到童小鹏黯然神伤的表情，真心替他难过：“我理解你！那时你一定很孤单。”

童小鹏说：“我并不参与我父母的工作。从小到大，父母总是有很多工作，需要应酬很多人，我是保姆带大的。我的父母，他们给了我最大的自由和最好的教育。大约十几岁时，我就开始在很多地方旅行，一边旅行，一边在云上学习，就是这样完成了大学课程。从某种意义上来说，我和你一样，并不是那些知名大学的学生。”

小云有一些共情：“你也是画画的？”

童小鹏点点头：“我喜欢去新绛县画画。那种传统的画画。可是父母去世，我的一切都变了。”

童小鹏陷入悲伤中，没有发现小云此刻流露出的眼神，像是已经认识童小鹏很久的朋友。

童小鹏说：“我从来没有放弃过调查。‘秦’这个项目一开始是我父母希望做的，目的是将弯月公司所属的新绛县改造成几百年前亚洲中部的样子。我爸爸经常说起关于亚洲中部美丽的湖泊和原始森林，那里有四季分明的气候，以及属于两百年前地球的高纬度植物宝库。”

小云说：“那里很美，和廖将县离得不远，那里的每一个季节我都喜欢。”

童小鹏说：“可是艾迪逊和吕图却利用新绛县的那些山谷做垃圾试验场。”

“垃圾试验场？”小云露出一丝疑惑的表情。

童小鹏说：“他们一直相信人类的创造，所以也一直用各种方式来展现人类的创造。在他们的观念里，人类注定会创造出好的东西。”

小云说：“这似乎也没有什么错。”

童小鹏说：“可是他们创作出的很多都是垃圾。就像那些巨大的物体，那些他们认为是艺术，能够和自然抗衡的东西。但事实上并不是。他们制造了垃圾山。”

小云说：“也许，不止他们。”

童小鹏说：“我猜我父母想要阻止他们，所以他们杀了我父母。”

小云问道：“你没有想过其他原因？或者从别的角度想想，转换垃圾就是新能源是不是有什么不对？”

童小鹏说：“吕图和艾迪逊一直认为艺术是人类的新能源。”

小云说：“可是如果要转换垃圾，完全可以去垃圾小行星，那里才是真正的垃圾星球，有更多的垃圾需要转化。”

童小鹏露出一丝嘲笑的神情：“你真的觉得他们是在转换垃圾？他们事实上做的是创作他们眼中新的作品。在小行星上，不会有人关注，也就不会达到他们的效果。他们希望他们的观众逃不开这些作品，这些能够转化为新能源的作品。所以一定要在地球上。而且，他们的转换垃圾的所有尝试都失败了。所以他们尝试用破坏自然的方式来完成他们的表达。他们认为他们的作品具有某种记载、传递类似于人类精神的能力，或者说他们的作品就是对于人类特征的表达，所以他们所谓的处理垃圾就是破坏已经形成的环境。”

小云眉头紧皱：“可是这并不是犯罪，从某种角度上来说。

十几年前就有艺术家在小行星上涂上颜料创作一个小行星带的艺术品，还有那些在山脉上附着物品的艺术家，这些并不是犯罪。你——”

童小鹏打断了小云的话：“可是他们杀了我父母。艾迪逊的创作就是让观众逃不开他的作品。为了他们的疯狂创作，他们利用弯月公司的运输渠道来反向运输垃圾，或者将地球上应该运往小行星带的垃圾运往新绛县这类他们选定的远郊县城。他们的作品事实上并没有那么多人喜欢，他们一直都是依赖我父母在资助他们。”

小云若有所思地说：“也许这才是真正的问题。”

童小鹏问：“什么问题？”

小云说：“他们这么知名，却没有得到他们理想中的财富。”

童小鹏非常愤怒：“这难道不是贪婪？你知道最深的罪恶是什么吗？”

小云问：“是什么？”

童小鹏说：“是作恶的人以为自己不在作恶，而是在做好事，甚至认为在进行艺术创作。尤其是那些拥有资源的人。他们处于这个世界的最顶端，于是他们认为自己有责任、有权利订立关于这个世界的一些原则，比如艺术。”

小云说：“这是你们上层人的通病。”

童小鹏说：“并不是。这只是他们的。他们认为弯月公司是他们的工具。他们认为那些远郊县城的人也应该欣赏他们的这些垃圾带来的作品。"

童小鹏说得有些愤愤然。可是小云却很理解，事实上假设不是这件事，其他的事情早已经是这样了。这个世界的民主、自由、人人平等事实上对于远郊县城来说更像是谎言。

拿艺术学习来说，从小时候起，小云学习的就是吕图、艾迪逊这些艺术家的著作，看到的就是他们的作品。经历几百年，形成了一整套完整的艺术理论体系，吕图和艾迪逊是这套完整体系中的佼佼者，于是他们继续制定标准。没有人能够挣脱，关于好或者不好，上大学或者不上大学，他们说了算。他们是谁：说不清楚，每一个的远郊县城或者中心城区的底层人都能够感受到他们，可是无能为力，只能按照这样的规则继续生活。他们定义了在艺术领域的成功。

童小鹏说："他们杀了我父母。而当我发现了他们在远郊县城的秘密后，他们也开始杀我。你不记得了？"

小云当然记得，她和童小鹏第二次见面就遇到了这样一次袭击："所以你为了报仇杀了艾迪逊和吕图？"

童小鹏说："我？当然不是。"

小云说："可你是最有理由做这件事的人。"

童小鹏回复了一个冷峻的凌厉眼神："艾迪逊和吕图究竟是谁杀死的？这也是我想搞清楚的。而你究竟是谁推荐给吕图的，又是为什么，一定和这一切有关。"

小云问："那我们在这里做什么？"

童小鹏说："我一定遗漏了什么。"

小云说："所以我们现在在这里——"

童小鹏自说自话："零号星际展厅那天的开幕，原界已经布好所有的监控。在前一天晚上，你们布展到很晚，在你们离开之后，我们封闭了整个零号展厅，布置了很精细的监控设备。"

小云回忆起来自己那个难堪的加班之夜："原界警官——在和你合作？"

童小鹏说："我一直在和原界警官合作。他是我父母那个案子的主理警官。"

小云终于趁机问完自己的问题："所以我们在这里等他？"

童小鹏说："你现在就是线索。我们在这里等那个凶手自己上门。"

童小鹏拖着受伤的腿——那是小云弄的——从另一个铁柜子里拿出来几件大号羽绒服，像大被子那种，扔给小云。难道今天晚上就睡在这里？盛夏之夜，这个钢筋混凝土的建筑里有一丝凉气。

现代社会所有的建筑物都已经使用新型的带有芯片的材料，这些芯片可以让这些建筑的墙壁根据外界的温度调整室内的温度，还可以使用人体自身的控制芯片控制温度。当然，这些芯片联接着巨大的中央控制系统，所以是收费的。这是现代社会的技术进步之一。小云听说过，在两百多年前，人们会使用空调和城市供暖系统应对炎热和寒冷的天气。小云经常想，那个时代的人们真的缺乏想象力，为什么不直接从建筑材料上解决这样的问题呢？所以在几十年前，建筑材料的改进终结了空调或者暖气这样的人类设备。

可是童小鹏找到的这个类似原始工厂一样的地方却是使用原始的那种混凝土材料建成的，而且，连二百年前的空调和暖气都没有，却有几个巨大的排风扇——那是在历史书中才能见到的东西，属于更早的过去。这座建筑却在盛夏中难得也保持着阴凉，也许当年的建筑材料也不一定那么不堪。

小云不禁问："中心城市怎么会有这样的地方？"

童小鹏说："这里是被人们遗忘的角落。事实上，中心城市里有很多这样的地方。睡觉吧，还不知道能够睡多久。"

小云说："那个，你的伤，好像还没有处理。"

童小鹏说："它们会自己好的。我已经习惯了。"

小云说："我还是给你处理一下吧。我在廖将县学习过。"这几乎是小云骨子里的东西——照顾人。在家里，妈妈照顾爸爸，邻居姐姐照顾弟弟。京都的人似乎都没有这样的习惯，每个人负责自己，不管别人。

小云熟练地帮助童小鹏处理伤口。童小鹏很感动，似乎在交换条件："我不会伤害你。"

小云微微笑着。从见到童小鹏那一刻开始，小云就知道童小鹏并没有解开这个谜题。晚上，小云将自己裹在大号羽绒服里，回想着自己在京都的第八天。

09

简黎来到小云位于地下 2 层的房间，却收到了律师发来的警报，虚拟形象被入侵。感到又有人来找小云，简黎暂时在楼梯间等候。看到原界警官，简黎微笑着出现在这个调查自己父亲意外被害案的警官面前。

简黎问：“原界警官，您来找廖小云？”

原界和简黎也是因为案件相识。原界露出职业的笑容：“是呀。简黎，你也来找这个嫌疑人？”

简黎示意原界一起走走。原界点点头。

简黎说：“廖小云的律师是我请的。您可能已经知道了。”

原界点点头。

简黎问：“你不问我为什么要这么做吗？”

原界看着简黎：“为什么呢？”他研究着简黎的每一个微小的表情细节。很明显，简黎希望告诉他这其中的原因，所以接下来的内容可能对于简黎有利。原界保持着一定的警惕性。

简黎接着说：“我知道她有一种特殊的视力，可以看到灰尘，也可以制造出飘散在空中的灰尘。”原界点点头，他已经想到了简黎接下来的话语。

不出所料，简黎接着说：“我希望可以帮助她。我知道她的背景，她在京都没有任何亲戚，吕图工作室是她的第一份工作。我很欣赏她的作品，所以不希望她因为这件事离开京都。说实话，我未来希望可以雇佣她来我的工作室。毕竟我父亲也有相同的眼部构造。”

原界表演出一种真诚的语气：“作为一个22岁，来自廖将县的女孩子，她真的很幸运能够遇到你。你觉得她和吕图的被害有关吗？”

简黎露出一个阳光般的微笑：“当然无关，这样一个第一次来京都的女孩子，见到吕图的第一面就像是粉丝见到了明星。杀吕图？廖小云？为什么呀？她不可能有任何理由做这件事。”

原界知道在整个案子中，最大的疑点和线索即在于此：廖小云一个人制作了诱发吕图死亡的主要原料——飘散在空中的负敏。而且廖小云几乎是吕图亲自明确雇佣的人，原因就是廖小云制作类似于负敏的、可以飘散在空中红色颜料——说吕图是自杀实在说不过去，但是一切似乎都是吕图无意间促成了自己的死亡。

原界不相信有这样的巧合，包括一年前童俊夫妇的意外。这也是让原界感到沮丧的原因——至今未能找到真正的突破口，“秦”基金会的丑闻是其中一个，但是凶案究竟是如何发生的，目前仍然是一团迷雾。

原界希望立即见到童小鹏，所以准备尽快结束和简黎的谈话：“我猜你不知道廖小云此时在哪里。我先回去调查一下吧。她虽然被保释，但不应该离开她的居住地。”

简黎说：“也许她遇到了危险。”

原界问道：“你担心她？可是为什么不可能是她逃跑了呢？”

简黎说：“我的律师刚刚来找过她，带她去了吕图工作室。”

原界的脸色变得严肃起来。

简黎接着说："我聘请的律师的虚拟形象被童小鹏黑了。所以，廖小云此刻和童小鹏在一起我不会太意外。而且，估计您也注意到了，童小鹏住在这栋大厦的 1 楼。我希望这仅仅是一个巧合，但是巧合有那么多吗？"

原界愣了一会儿，表现出真诚的表情："谢谢你提供的信息。"

简黎说："我愿意随时和警方合作。毕竟我父亲尸骨未寒，我希望早些破案。"

简黎离开了。原界看着简黎的背影，很简单地就证实了刚才简黎的话，他陷入沉思中。

简黎不可能不知道自己能够查到虚拟律师带走廖小云的事情。人类的思想、语言是一只看不见的手。人类社会发展到这个时代，每一个个体在用语言表达自己的思想时，时常会将自己的利益最大化，这几乎是人类的共性。不同的是有的人同时顾及到别人的利益最大化，有的人则完全不考虑别人。原界不禁想：简黎在这一系列的案件中究竟扮演什么角色?

在寻找童小鹏的路上，原界调取了简黎的所有资料和吕图被害那天之前简黎的详细行踪。

原界发现：艾迪逊事实上已经破产。在吕图展览开幕式前一天晚上，简黎乘坐飞船很晚都没有离开零号星际展厅，然后接上廖小云一起回到地球。那时自己已经封闭了零号星际展厅，布置监控。原界觉得有些不对劲，于是重新分析廖小云和简黎在这几天的工作细节。

目前吕图案最大的疑点来自于：群青是如何进入吕图的身体内的？

布展的最后一天，廖小云一直在为《列维坦之圣明空间》涂颜料。几乎所有的员工此刻都在配合廖小云的工作。期间，廖小云去了洗手间。原界赶紧调取洗手间门口空气中的灰尘成分——有低浓度的群青。原界对比了开幕式现场展厅中很多地点的空气中灰尘含量，几乎没有群青这个物质。群青的稳定度很低，不可能以灰尘形式存在于空气中，只有可能是吕图自己在不经意间独自接触到的。群青像负敏一样被投放在空气中也不太可能，因为现场被负敏颗粒包围着的观众有数千人，只有吕图一个人中毒死亡——这证明群青不是针对大众投放的，而是专门针对吕图的。所以吕图自己接触到的究竟是什么东西含有群青呢？

吕图当天的饮料、食品全部都检查过，没有群青。原界联想起简黎说的：“廖小云被带到吕图工作室。”为什么被带到吕图工作室？在开幕式前几天，吕图工作室曾经发生爆炸案，当时童小鹏在现场，自己问询过童小鹏，并不是童小鹏投放的炸弹。而且炸弹似乎除了释放一些监视器拍摄吕图的作品，没有起到其他作用——一次爆炸的目的真的就是为了八卦吕图的作品吗？原界觉得简黎刚才的对话暴露了一些东西。

他回想起廖小云的话：“那些纳米颜料就像一个个纳米机器人，可以完成了不起的事情。”原界调出爆炸当天的视屏，发现在爆炸现场，简黎正在摧毁一个用4维打印机打印出来的形状，一段带弧度的板子——那是被吕图批评的东西——等等，这里似乎有什么不对。原界像是想到了什么，立即要求调取一年前童俊夫妇的滑雪板以及吕图的飞行器的资料。接着，原界满脸凝重地赶紧飞往廖小云最后信号出现的地方。

在巨大的钢铁机器后面，童小鹏睡得像个孩子，裹着宽大的羽绒服。小云靠着童小鹏不敢睡觉。她回忆着自己来到吕图工作室后的每一个细节，暗自撕开羽绒服的面料，撕成几个小方巾的样子，同时检查自己挂在脖子上的吊坠。

小云回忆起在工作室里自己见过的每一张脸孔，似乎有一张脸孔有一些不同——那是简黎的脸。当时自己还不能完全认识简黎。

钢筋水泥的封闭的工厂被突然炸出一个豁口。小云吓坏了。童小鹏立即被惊醒，嘴角露出一抹怪笑："等的就是这个时候。"

几百个小型监视器飞进这栋工厂，立即开始密集地射击。童小鹏赶紧拉小云躲进旁边一个铁柜子里。

小云将自己做好的方巾递给童小鹏："最危险的应该是那些灰尘。这个有用。"

童小鹏几乎笑出声来："你用这个原始的东西来抵抗这些监视器？"

小云仍然躲在柜子里，用方巾将自己的口鼻捂住，在脑袋后面绑一个结。童小鹏敏捷地翻身出去，操作一个原始的平台。这时，空中的钢铁轨道上生锈的巨大机械手臂移动起来，像一个突然惊醒的钢铁机器人，将那些飞行的监视器像是碾碎蚊虫一般摔碎或者直接扔掉。

现场飞进来越来越多的监视器。小云看到很多灰尘飞舞在空中，目前都是正常的灰尘。但是不一会儿，就开始夹杂着致幻剂。小云大叫着："空气中有致幻剂！"

童小鹏操作着巨大的原始机械手臂暂时占据了上风。听到小云的提醒，他赶紧用方巾将嘴巴和鼻子捂住，学着小云的样子在脑袋后面绑一个结。虽然这是一个先进的时代，但是阻止空气中的有害物质，还是这种最原始的办法最管用。

童小鹏一边操作，一边大喊道："简黎！我知道是你！"

一个监视器靠近柜子里的小云，恰好小云探出头来，监视器一下子将小云控制住。更多的监视器飞来，将小云围住。童小鹏将自己身边的监视器用随身的匕首打烂，正准备救小云，却发现一个监视器正用匕首对准小云的脖子。童小鹏没敢动。

简黎的飞行器出现在豁口处，飞向小云和童小鹏。

简黎走出飞行器，一脚将童小鹏踹倒，说："泛滥的同情心会害死你！怎么你父母死了你还不明白这件事？"

童小鹏靠墙蹲着："我知道是你！"

简黎冷笑一声："那又怎么样？我是跟着廖小云的追踪器到这里救廖小云的。而你，则利用廖小云杀了我父亲和吕图。"

小云露出疑惑的表情，似乎在努力回忆着什么，慢慢地在记忆中串联起一幅幅画面。小云也转变了脸色，从害怕变成了冷峻的表情。此刻，无论是简黎还是童小鹏，都没有发现小云的变化。

童小鹏说："你胡说！我没有杀人！杀人的是你！"

简黎转头对着廖小云伸出手来："我是来救你的。"

童小鹏喊道："小云，别相信他！"

廖小云盯着简黎，没有动。

童小鹏又喊："小云，别相信他！"

简黎说："廖小云，我在帮你！"

小云盯着简黎衣服上的细节。她在简黎的肩膀上看到了药剂：致幻剂粉末。小云用手摸着自己脖子上挂着的吊坠，偷偷地将里面的粉末倒入手心。

小云慢吞吞地说："简黎，我要谢谢你！"

"是吗？"简黎还没有说完，小云瞬间就冲到了简黎的飞行器上，同时用手朝简黎的眼睛招呼过去。简黎立即捂住眼睛。小云一脚将简黎踹下飞行器，同时赶紧朝童小鹏大叫："还不快上来！"

童小鹏翻身跳上飞行器。小云熟练地驾驶着飞行器飞出这栋建筑。简黎的监视器一路追踪，童小鹏接过飞行器的操控盘，转一个湾朝大厦边缘飞，快要撞到大厦时，划出一个漂亮的弧度，贴着大厦墙边飞走，一些监视器直接撞到了大厦的墙上。

小云大喊着告诉童小鹏："还用刚才那招，朝着公共交通监视器撞过去！"

童小鹏问："什么？"

小云说："快呀！"

童小鹏朝着公共交通监视器撞过去，在快要靠近监视器，监视器已经闪烁红灯警示枪管上膛的时候，突然急转弯，后面追踪的简黎的监视器被一个个击落。

童小鹏一边驾驶，一边回头，惊喜地看着小云："你——"

小云淡定地说："看着前面。"

童小鹏问："咱们现在去哪？"

小云说："去新绛县。"

童小鹏说："什么？"

小云坚定地说："去新绛县。"

童小鹏掉转头，朝新绛县飞去。童小鹏一边驾驶飞行器，一边偷着看身边的小云——此刻，她像是变了一个人。

原界手上的报警器闪烁起来，随即简黎被袭击，廖小云和童小鹏抢走简黎的飞行器的画面出现在空中。警方的通缉文件已经传递过来：通缉廖小云和童小鹏。两人合谋杀死了艾迪逊、吕图，还涉嫌谋杀简黎。

原界低声骂了一句，赶紧带人朝新绛县飞去。

虽然京都时值盛夏，但新绛县已经进入初秋。草原、山谷已经有一些阔叶林呈现金黄色，在夜晚的月光下显现出一种轻盈的灰白色。

童小鹏问："为什么要去新绛县？"

小云说："那里是能解决问题的地方。很多事情，我只是遇到了，但并不清楚原委。认识你之后，我知道那里才是一切开始的地方。”

童小鹏不明白小云在说什么，但，刚才小云的利落和果断都让童小鹏印象深刻，所以，还是听她的吧。童小鹏掌握着飞行器，朝着熟悉的新绛县飞行。

此刻，天边已经微微泛白，这个时候在京都的地面经常刮风，但是新绛县却微风习习。进入山谷时，天空已经呈现出太阳初升前的鱼肚白，整个山谷都亮了。

小云有点冷，刚才的混乱中，自己没有机会披上羽绒服，此刻虽然有飞行器的透明罩罩着，但是周围已经是清冷的深秋气温，小云很后悔没有考虑到这一点。童小鹏将自己的牛仔衣披在小云身上。

小云看着山谷中愈加浓烈的秋色，不禁感叹道：“这里的夏天很短。”

童小鹏问：“你来过这里？”

小云说：“这个山谷和廖将县是连着的。记得吗？小时候我经常在山里徒步，找到感兴趣的景色将它们画下来，几百年前，这样的创作叫——”

童小鹏说：“写生。”

小云说：“所以我很小就知道那片垃圾场，后来变成了垃圾山。”

童小鹏大吃一惊：“什么？你很小就知道？那里是5年前吕图和艾迪逊才开始丢弃的。”

小云看了童小鹏一眼："我小时候就见过这个垃圾场，只是现在越来越大了。"

童小鹏还是有点懵。

小云说："你知道路。"

飞行器飞过茂密的森林，越过山谷，掠过夹杂着绿色和黄色植物的崇山，以及山下清澈的河水。土地开始大片显现。在一座秃了的没有绿色植物的山后面，巨大的垃圾场展现在眼前。童小鹏披露的那些视频就是这里。实际上，这里比视频中更大，更加肮脏，污水横流，飞行器几乎没有地方降落。还是在吕图的一个巨大作品的残片上，飞行器才得以停稳。

此刻，初升的太阳已经开始放射出光芒，整个垃圾场在斜照的朝阳中，像是一个巨型蒸笼一般，肉眼可见很多灰尘在光线中飞舞。

小云转来转去地看着这些灰尘："我一开始在这里看到艾迪逊和吕图的作品时还很小，那时非常兴奋，毕竟那是我第一次亲眼见到大艺术家的作品。"

童小鹏皱着眉头："我调查过，这个垃圾场是5年前才开始堆积的，可你小时候就看到了，这不可能！"

小云说："是的。弯月公司从来都没有真正处理这些垃圾，反而越堆越多。那些植物宝库，那些高山湖泊，都是为了掩饰这里。"

童小鹏说："不可能，我父母不会做这样的事！他们根本没有必要，那个垃圾小行星是没有成本的，他们为什么还要把垃圾堆到这里？”

小云说：“我们每个人看到的都是整件事情中的一个部分，就像是拼图，我有一片，你有一片。我到京都的每一天，都得到一片拼图，直到昨天我才明白为什么。”

童小鹏疑惑地看着小云，此刻的小云像是一汪深不可测的高山湖泊，表面上风平浪静，乖巧美丽，可是水下究竟是不是藏着怪兽，谁也不知道。

小云看着巨大的垃圾场：“就像你说的，他们认为这样的行为本身是一种艺术。这里堆积的，都是一些艺术家的作品，那些没有卖掉的、没有被收藏的、不被观众喜爱的艺术家的作品。”

童小鹏觉得难以置信：“有这么多吗？”

小云点点头：“记得吗？曾经有一段时间，艺术家们热衷于制作巨大的作品，甚至是在星际中作画。可是，并不是所有的艺术品在展览之后都被收藏，也不是所有的艺术品都值得被展出，更多的，是沦为了垃圾。”

小云接着说：“仅仅廖将县的艺术大学，今年的毕业季，和我的《倔强的粉红色》一起被展出的毕业作品就有 300 多件。我们有 1000 多位学生，还有一些作品并没有在毕业季展出，可能在廖将县的其他小展馆展出。展出之后，很多作品就到了这里。京都这样的大学就有十几所，京都周围的远郊县城，几乎都有艺术类的学校。所以，每一年，学生产生的艺术作品就有可能有几千个被丢到这里。而吕图那样的艺术家，他们每年不断地产生新作品。比如艾迪逊，他有一家专门创作作品的工厂，这个工厂生产由艾迪逊创意的，签署艾迪逊名字的作品，一些展览上没有被拍卖的作品的归宿就是这里，所以每一年，艾迪逊也可能制造1000件这样的垃圾。吕图也是一样。其他的艺术家呢？仅仅在京都，被人们所熟知的艺术家可能就有上千人。”

童小鹏和小云站在吕图作品的一部分上，看着整个垃圾场——的确，仅仅从表面看来，可以看出很多艺术品的影子。这是一个艺术的坟墓。

小云接着说：“小时候我并不理解，为什么这些作品会被放在这里。听到你的话，我终于明白了。吕图和艾迪逊是真的将这些被人类丢弃的、充满人类特征的垃圾看成是艺术品。他们不希望在垃圾小行星上来堆积这些东西。因为如果那样的话，这些东西就真的成为垃圾了。”

童小鹏说：“我父母给他们提供了这里。”

小云点点头：“我也终于明白一年前我见到的究竟是什么了。”

童小鹏不太明白小云在说什么：“一年前？”

小云说：“我一直相信我是因为特殊的眼部构造才被选进吕图工作室的，也相信我可以创作出能够打动人心的作品。”

童小鹏看着小云，有些自责：“我也相信你。我只是惯性思维。”

小云笑笑：“你经历了这么悲惨的事情还来安慰我，你很善良。”接着，小云转变了一种口吻，平静地说：“还是说说吕图的案子吧。在开幕式的前一天晚上，我和简黎是最后离开零号星际展厅的。公共飞船已经停运，如果搭乘私人飞船需要 100 块，我舍不得，所以就在零号星际展厅的门廊下想办法。”

童小鹏看着小云，露出一丝同情。

小云接着说：“那天，简黎用他的飞船——就是这台——送我回家。我看到他的肩膀上有群青。当时我没有想起来，后来才想起来。”

童小鹏说：“群青？那时的你很危险。”

小云笑笑：“如果剂量再大些，凭着我身上的负敏，我可能就早于吕图去世了。”

小云接着说：“当简黎给我雇佣律师的时候，我就知道是简黎给吕图释放了群青。”

童小鹏有些不解：“我不明白……”

周围警笛响起，他们被警察包围了。警方叫两人放下武器。一个人冲出包围圈，靠近童小鹏和廖小云。看到那人是简黎，原界给自己的警官发了讯息。立刻有两位警官跟着简黎。

简黎说：“你们合谋杀了我父亲！”

童小鹏说：“你父亲是吕图杀死的，而且你很清楚这一点，所以你才杀死了吕图。”

原界说：“简黎公子不要激动。警方已经控制了这里。”

小云对原界警官说：“原界警官，我有证据证明简黎杀了吕图。”

简黎吼道：“你在胡说什么？我给你聘请了律师！”

小云说：“如果不是童小鹏黑了你的律师，恐怕你给我聘用律师是为了给我这个——”

小云从简黎的飞行器上取下一段带弧度的面壳：“我们终于知道吕图体内的群青来自于哪里了，就是他飞行器上的这段面壳。这段用多维打印机打印出来的面壳里有几个空心装置，里面放着带有群青的胶囊和纳米机器人，一旦飞行器启动，胶囊就会释放群青。”

小云补充道：“你让律师救我出来，是想给我制造一个物证吧？做实我杀死吕图。”

原界严肃地补充道：“我们调查到吕图工作室发生爆炸那天，吕图的飞行器的面壳也被破坏，是你给吕图换上了新的。我们已经有了证据。”原界调出一段视频，在空中投影出来，上面显示爆炸发生，简黎距离吕图最近，将一段面壳放在了吕图的飞行器上，将替换下来的面壳拿在手里。

简黎露出了欣赏的微笑：“一个从廖将县出来的乡巴佬，居然比我想象中聪明。”

小云说：“这是你们的傲慢和愚蠢！我原本无法联系起来所有事情，是你帮助了我。你那天送我回家，肩膀上有群青。”

原界对小云露出欣赏的目光。的确，此刻的小云和他审问过的那个女孩不像是同一个人。他审问的是一个普通而弱小的远郊县城的女孩子，此刻的廖小云则是锐利的女战士。

小云说：“艾迪逊被害现场，应该有一些灰尘，是吕图专用的负敏。”

原界点点头：“我们已经查到了。虽然负敏也具有挥发性，但我们还是在现场发现了负敏的影子。艾迪逊被害当天，吕图曾说自己不在现场，事实上，他和简黎在一起。或者，是简黎关闭了监控放吕图进入艾迪逊的家。就是这么简单。我们之所以从所有的信息里都查不到吕图进入和离开艾迪逊家里的画面，是因为你在帮助吕图。”

简黎此刻在自己的飞船上哈哈大笑：“可笑的推理。我帮助吕图杀死我父亲，又杀了他。这太荒唐了！”

小云说：“一开始我并不明白这其中的原因。后来，我被当成嫌疑人，才串联起整个事情。我猜，这个垃圾场应该是事情的源头。弯月集团，也就是童小鹏的父母给他们提供了这个场地。在他们眼里，只有市场上的作品不多的时候，自己的作品才有价值。而对于那些不被重视的作品，他们希望形成一个更大的更具野心的东西。关键投资人并不是他们自己，而是你父母。”

童小鹏说：“可这更证明他们不可能杀死我父母。他们依赖我父母。”

简黎笑出声来。

小云说：“他们杀死你父母是为了霸占弯月公司。”

原界严肃地说：“有一些事实我们之前忽略了。因为对方是著名艺术家，所以我忘记了最基本的东西：艾迪逊几乎破产，他为了创作，投入的资金根本收不回来。”原界看着童小鹏：“我们俩都忽略了这个普通的事实。我查过艾迪逊的所有资产，如果不是“秦”基金会，艾迪逊早就破产了。吕图和艾迪逊一样，财务状况很不好。”

小云嘲笑地看着童小鹏：“你以为那些受人仰慕的艺术家就不屑于财富？不屑于这些低级的手段？其实我在廖将县就知道：财富很重要！尤其是对那些认为自己应该得到某种财富却得不到的人，更危险。”

原界说：“艺术虽然被人类尊重，可是能够获得多少利益呢？尤其是他们和你父母是好朋友，在你父母身边，他们的那些艺术真的比得过你家的物质吗？即便那些物质是为了创作更多的艺术——或者垃圾。”

简黎大喊道：“够了！难道我们都要在这里听一个廖将县来的乡巴佬胡说八道吗？”

童小鹏看着周围的人，目光充满怀疑。

原界说：“几个案件一定是相互关联的，可是我们仍然有很多细节需要调查。”

小云无奈，用冷峻的目光看着简黎：“我告诉过你，原本我并不知道一年前我经历的是什么。我以为吕图是因为我特殊的眼部构造和艺术创作力才雇佣我的，可是你来找我，我知道你们是对的，我终究没能摆脱上层社会的游戏规则。”

童小鹏说：“小云，你在说什么？”

小云叹口气：“你们不是都奇怪，我这样一个来自廖将县的挖下水道的女孩，为什么会被吕图招募进工作室吗？”

简黎的嘴角露出笑容：“他正在创作‘列维坦’这幅作品。你刚好就是他需要的那类磨颜料的人。”简黎恶狠狠地看着小云，露出嘲弄的眼神：“事实上，这次展览结束后，吕图就会解雇你。你在京都生活的梦想就要结束了。我做的仅仅是换了一种方式而已。”

小云说：“我的眼睛是天生的，很小时候我就学习画画。吕图和你父亲那时都是我的偶像。”小云陷入回忆中：“我经常从廖将县到新绛县来写生。去年冬天，我快要毕业了，在新绛县的高山松林中写生。一天，我听到一声巨响，我知道，一定是这堆垃圾中的一个又爆炸了。我来过这里好多次，这里时不时会发生一次爆炸，炸出的豁口有时候看上去——嗯——带有一定的艺术性。”

简黎大喊着：“这本来就是艺术！是我父亲的创作。”

原界问：“难道这下面预埋了一些炸药？”

简黎笑着说：“那种原始的探测器还以为是和这里一样的垃圾，但其实这些炸药是为了毁灭和重生。”

小云拉住童小鹏，接着说：“我看到一对夫妻摔倒，他们的周围都是粉色的灰尘——就是负敏和铅白，那种红色和白色的颜料。他们的衣服上都是。他们摔下了山崖。我可以肯定他们是因为负敏和铅白混合之后产生了幻觉，才会觉得山崖是平地。”

原界恍然大悟：“所以所有的监控都显示是童俊夫妻自

己掉下去的。我们以为是雪崩造成了两人的慌乱，原来他们产生了幻觉。负敏可以和很多东西结合，而铅白则是一种致幻剂，两者结合的确会让人产生幻觉。我们在你父母的外套上确实发现了一些纳米胶囊，当时是空的，我们以为是衣服上自带的。”

童小鹏流出泪来：“你说什么？”

小云接着说：“我当时并不知道我看到的是什么。后来看到媒体报道，才知道那一对夫妻是你父母，也是那时在媒体上见到的你。来到京都的第二天，我发现你去过吕图工作室，当时我仅仅有这件事的一块拼图，那时想告诉你一年前我看到的，可是现实让我退却了。”

童小鹏说：“我们那天遇到了袭击。”

小云露出悲伤的表情：“你的父母一年前是因为负敏和铅白的混合物中毒，才会失去意识跌倒的。因为是在户外，负敏和铅白的含量很少，所以警方检测不出来。”

原界说：“几次作案手法都相似。”

童小鹏泣不成声。

小云说：“当时我想要去救你父母，跑向那里，却看到了艾迪逊本人。那时我吓坏了，虽然见到了大艺术家，但是由于刚刚发生的一幕，我仍然无法消除恐惧。”

小云陷入回忆当中，讲述了那天发生的事情。

当时，慌乱的她背着画架在雪地中奔跑，一辆豪华的飞行器停下挡住了小云的路。艾迪逊打开飞行器的透明顶罩，看着小云。小云停下来，第一次见到伟大的艺术家，此刻她不知道应该激动还是恐惧。

艾迪逊说："你很害怕。"

小云上气不接下气地说："我看到有人摔下去了，他们可能被迷幻了，不救会死的！"

艾迪逊问："什么迷幻？"

小云说："负敏，铅白灰尘，到处都有。"

艾迪逊有些意外："你的眼部有特殊的构造？"

小云点点头。

艾迪逊说："那么此刻我身上——"

小云说："也有负敏。"

一瞬间，艾迪逊对小云产生了杀机，远处的警笛阻止了艾迪逊的行动。他希望解决问题，而不是制造更多的问题。

艾迪逊微笑着说："你愿意到京都去吗？"

小云被突如其来的好运吓懵了，几乎是出于本能地点点头，因为到京都是小云的梦想。

艾迪逊说："我会推荐你。你叫什么？"

小云说："廖小云。"

小云冷峻地看着简黎："所以你父亲向吕图推荐了我。在我陷入吕图的谋杀案之前，我一直很感激你父亲。可是现在我知道了，当时如果不是自保，你父亲会毫不犹豫地杀掉我。叫我到吕图工作室上班，也一定是为了更好地控制我。只是你父亲和吕图首先产生了矛盾。"

原界说："'秦'基金会接管弯月集团之后，吕图是直接控制人，你父亲艾迪逊处处受吕图控制。我们查到了很多次财务记录和会议记录，都表明了这一点。这才是你父亲和吕图产生分歧的关键吧？"

童小鹏说："他们都是为艺术而生的人，怎么会？"

原界说："也是因为这一点，才迷惑了我们。我们以为会有现实之外的原因，但是贪婪和权欲显然战胜了艺术。"

童小鹏转过头看着简黎："咱们从小一起长大，你告诉我，他们说的是真的吗？"

简黎哈哈大笑："咱们俩从小一起长大，可你是一个白痴，我是天才！这个世界本来就不公平！"他用手指向童小鹏，面对着小云："我和他一起长大，可是我们两家并不是同样的地位。人们尊重艺术吗？艺术更像是他们这种企业家的遮羞布。我父亲和吕图的那些学生，他们的家族无非是用艺术来证明他们比别人更加高人一等，就像你，可怜的廖将县的人。弯月公司处理地球的垃圾，所以就拥有那么多源源不断的财富。这公平吗？这里是我父亲的创意，从我很小的时候，我父亲就将那些被丢弃的，人们创作出来的艺术品丢在这里，不久，吕图也参与进来。可是这里越来越大，弯月公司开始向我们征收土地租金。"

简黎面对着童小鹏："你家缺我们的房租吗？你父母是贪婪的商人。事实上，我父亲和吕图为了维持自己的工作室，已经快要破产。"

原界说：“所以你们设计了‘秦’基金会，在基金会步入正轨后杀了童俊夫妇？”

简黎说：“吕图太贪心了，他在基金会中一直是主控制人。于是我父亲和他商量分割基金会和弯月公司。我和父亲都不知道，吕图那天是来消除我们的，我还听从他的安排，载他来我家。”

那是一周前的周末的夜晚。吕图告诉艾迪逊，已经设计好了关于弯月公司的分解方案，因为过于私密，他希望到艾迪逊家里谈。

简黎按照父亲的要求关掉了所有的监控，自己去接吕图过来。他们都相信这样做的目的是为了更好地瓜分弯月集团。

可是吕图刚刚到艾迪逊家，就释放了带有致幻剂的原料——这一招曾经是艾迪逊最擅长的，吕图连一点犹豫都没有，艾迪逊和简黎都浑身瘫软，倒在沙发上。当时简黎想过救父亲。他用尽力气扑向吕图，但没有用，吕图就是来杀人的，而且用了原始的办法——用匕首刺向父亲。后来，简黎被吕图用匕首抵住脖子：“你想活还是想死？”

简黎选择了活。

简黎恶狠狠地说：“从那天起，我就知道下手的时候不能犹豫。吕图一直都防着我，所以我利用童小鹏制造了那次爆炸，装上了带有纳米群青胶囊的飞行器面壳。”

小云说：“你并不知道你父亲推荐了我，你是什么时候想到用我做替罪羊？”

简黎说:“你那天提到了‘秦’。我知道你就是最佳人选。”

童小鹏怒不可遏地吼道:“我杀了你!”

原界想拉住已经抑制不住自己的童小鹏。童小鹏朝着简黎飞过去,一脚将简黎踹倒。

简黎哈哈大笑道:“你真的太好笑了。”简黎笑得不能自已:“我父亲和吕图,他们这样的艺术家会被贫穷逼迫,本身就是这个时代的悲哀。就是你父母这种人制造的悲哀。”

小云说:“简黎,历史上有很多艺术家都具有这样的悲哀,这不是问题的关键。”

简黎说:“那么问题出在哪里?包括你自己,如果不是当初被我父亲遇到,你根本不可能来到京都——虽然是为了杀死你。”

小云说:“是贪婪。”

简黎从手上投影出一个遥控装置,空气中出现了一个闪烁的圆点。

简黎笑着看向众人:“贪婪!给你们一个贪婪的机会,你们可以印证我父亲最伟大作品的诞生。”

原界喊了一声不好,拉起小云跳上飞行器。小云拉住童小鹏。飞行器立即飞走。但是已经来不及,巨大的爆炸从垃圾场中心位置开始,远处的警队也乱成一团。巨大的蘑菇云卷起红色的烟雾腾空而起。原界、童小鹏和小云的飞行器被爆炸的热浪翻滚着推到几千米之外,3 个人在飞行器里昏迷不醒。

09

在爆炸发生时，原界立即启动了飞行器的弹跳装置，3个人被推送到远处的松林里。小云被童小鹏抱住，受伤最轻；原界和童小鹏则不省人事。

童小鹏缠着纱布，一瘸一拐地来到地下2层小云的房间。

小云正在收拾东西。

童小鹏满脸真诚："我带了吃的，那些传统的东西，你知道——"

小云说："好吧，我一天都没吃饭了。"

两人像刚刚认识那天一样，面对面坐着啃烧鸡。

童小鹏小心翼翼地问："你——可以不回去吗？"

小云说："有些东西，我和你都改变不了。"

童小鹏说："那不是你的错。你帮助了我——"

小云说："可是我仍然不是因为自己的才华才能留在京都。"

童小鹏说："我们生活在一个现代化的原始年代。"

小云说："我觉得，艺术不应该让人们去犯罪。"

童小鹏费劲地伸出手，似乎有一些央求的语气："留下来吧，在京都生活。我已经拿到了遗产。我有钱了！"

小云说："一切朝好处想想，远郊县城也应该有他们的艺术家。"

小云感激地看着童小鹏，眼中含着泪水。

童小鹏盯着小云的眼睛，似乎读到了他从来不曾有过的东西，和这个世界的规则不一样的东西。

童小鹏说：“你不是依赖我，我是说——”

小云很笃定地说：“我们现在经历的，也许也是未来某件事情的一块拼图，不到最后一刻，我们怎么会知道那是什么样的拼图呢？所以现在还是按照我们自己的心意去做。”

童小鹏笑了，明白了此刻自己应该做什么：“我在廖将县建一个高纬度植物宝库，和新绛县的连起来。”

小云笑了：“你知道高纬度的一种原始的鸟乌鸫吗？”

童小鹏摇摇头。小云在空中投射出乌鸫的照片。童小鹏不以为然：“乌鸦呀！”

小云笑笑：“这是20世纪至21世纪高纬度地区的一种鸟，叫乌鸫，不是乌鸦。在大多数人类眼中，这种鸟是全黑的，但在其他乌鸫和我的眼中，这种鸟是这样的——”

空中出现了一只美丽的彩色的鸟儿，每一种颜色都和谐地混搭在一起，羽毛闪着光，头部是明亮的黄色，翅膀是红色、蓝色、黄色和绿色的混合——这是一只五彩斑斓的鸟儿。

童小鹏很惊奇：“我真没想到——”

小云说：“在我眼里，这只鸟也是这样的——我觉得大自然中有很多艺术品。”

小云有了自己的飞行器，廖将县仍然专门负责维护和修理下水道。新绛县的美丽的高山湖泊和草原、森林现在和廖将县连城一片。小云还是喜欢背着画架在松林间散步，既看不到松林，也画不出一幅画。

——完——

摄影作品 | 错位的公共与私人
摄 影 师 | 陈敏凯
模　　特 | 杨格

《远行》安尼施·卡普尔，该照片为安尼·施卡普尔于 2017 年
在中央美术学院美术馆展出作品的现场照片

 | 杨格

双局

双
局

双局

杨格

01

尧青汎刚刚回到自己位于国际大都市的学校，见到修剪整齐的灌木丛，笔直干净的道路，两边金黄的银杏树，还有远处大厦玻璃幕墙反射出来的闪光，这一切让她有点穿越的感觉——整个暑假都在大山深处的小山村里支教，和自己身处的现实比起来，刚刚经历过的山村生活像极了另一个平行的时空。

回学校那天，青汎凌晨4点起床，天空还仍然在暮色当中，这是一段黎明前最为黑暗的时刻。这天的月光分外明亮，使得暗幕显得更加灰暗，像是拥有无数个未知时空的未来。在这样的暗幕下，自己窗外有几个小脑袋的剪影——村里那几个小家伙聚集在宿舍门口，在初秋山村带着潮气的清冷中给青汎送行。他们很早就聚集在窗下，连最闹腾的那个孩子也乖乖地不提早吵醒青汎，这让青汎无比感动——每一张小脸都冻得通红，但是每一个孩子都在看到青汎之后露出笑脸——眼泪在看到孩子们笑脸那一瞬间喷涌而出。3个月，这几个十一二岁的小家伙已经把自己当成了最好的朋友和导师。范宽将那幅青汎最喜欢的仿古画放进青汎的随身行李。忽闪着大眼睛有点抱歉地说："青汎老师，拿着这个。还有——"

青汎关切地问："还有什么？"

范宽说："阿妈说你不会回来了。你在大城市有你自己的生活。"范宽的大眼睛露出了对于他这个年纪来说太过复杂的表情，包含着几分疑惑，几分期望，还有一点埋怨。显然，这个小家伙并不希望青汎从此就和这个小山村毫无关系。青汎的到来，给他们带来了很多说不清楚的东西，比如她告诉自己要爱阿妈，阿爸也要爱阿妈；比如男孩子洗脸也要把耳朵后面洗干净，不然长大后会长痘痘；再比如什么是爱，怎么跟周围的人说出来等等。

青汎擦干眼泪，眼中露出笃定的神情。她没有急着上拖拉机，而是拿出手机，让范宽和另一位小朋友撑开画，拍下这幅画，立即晒到自己的朋友圈里，并且@了自己的导师文嘉教授等一堆人——都是艺术圈里的人。青汎笑着摸着范宽的头："放心吧，尧老师会回来的，而且尧老师会给你们带好多礼物回来。"

围着青汎的小朋友们都欢呼起来。青汎坐上了拖拉机，看着周围的青山绿水，嘴角露出一丝狡黠的微笑。策划良久的那件事，之前的种种犹豫在这一刻都化为乌有。青汎想清楚了，如果这件事情成功，自己就回来，留在这个山区；如果失败，则在狱中，还好孩子们身边还有常珊珊，而常珊珊也可以在一个安宁的地方终老——刚刚 26 岁的青汎不得不想到这样的身后事。

5 个小时的拖拉机路程，接着乘坐 6 个小时长途汽车，在动车上又摇晃了 8 个小时，终于回到灯火阑珊的城市。

随着交通工具越来越远离村庄，青汎的多愁善感也不自觉地被一些路边的广告以及越来越精明市侩的周围的脸孔稀释。城市的空气，味道越来越浓郁，浓郁到渗透进周围的每一个毛孔里，陌生人的脸上，他们的着装，周围的广告牌，修剪整齐的路边灌木，嘈杂的间或有一丝旋律的声响——这一切构成都市。

青汎一路上最深的印象就是简德拍卖行的秋拍广告——不是因为自己刻意关注，而是刚好动车的免费杂志上都是这个广告。秋拍在 11 月举行。

回到这座南部大城市的学校宿舍的时候，这条广告几乎顺利地驱赶了青汎心里原本多愁善感的种种关乎村庄的回忆，取而代之的是关于那个计划的精密的计算。

02

青汎出生在一个五线小县城，父母都是普通工薪族。她从小就喜欢画画，本科和研究生都上的艺术史专业。回到学校的宿舍，青汎开始准备毕业论文。按时上下课，没有男朋友，没有到社会上寻找接收单位，也没有任何应酬，青汎的生活像钟表一样平稳而有规律。这样的生活之下，青汎的内心却非常焦急，她担心自己在毕业前再无机会，也担心自己放出的诱饵不够大。对村里那些孩子的无能为力是一种巨大的失败感，青汎不希望这样的感情控制自己。但她心里时刻都担心这种无能为力发生——一个小人物还想帮助别人，内心里早已陷入恐慌中，但表面却要表现得云淡风轻，对周围浮华的疏离和漠不关心是一种最好的伪装。

小人物就应该乐观一些，单纯一些，不能心思缜密、敏感多疑——那几乎就是自己和自己过不去——有时候青汎也会这样想，可是那不是自己。出生在普通工薪家庭的青汎知道，自己的能力十分有限，只有万事小心、勤奋努力，不放过身边的每一次机会，才可以成功。心思缜密、察言观色几乎是她从小就开始锻炼的技能；还有一项技能，就是隐藏自己。

这样度过了两个多月，冬天到来的时候，机会终于来了——自己的第一稿论文完成。青汎的指导老师是名冠中外的文嘉教授。文嘉教授非常繁忙，作为艺术评论大家，除了学校的工作，他还有很多社会工作。所以当文教授告诉青汎没有时间的时候，青汎很理解，令人欣喜的是，文教授居然愿意利用休息时间，周末请青汎到他家里，指导青汎论文。青汎很感动——也有一些说不上的忐忑——一切即将开启，这里只有她一个人，对抗一个庞大的网络，青汎不得不深吸一口气。

文教授随意地说："我看你在朋友圈晒了一幅画，我很感兴趣，周六带来我看看行吗？"当然没问题啦，青汎很开心。当初自己晒在朋友圈里，回到学校就没有发过朋友圈，以至于到现在朋友圈的最后一条信息就是这幅画。

同宿舍的林奇好心提醒她："文教授叫你去他家？听说他可是独居，老婆很多年前就去世了，唯一的儿子在国外。你一个人去他家？他不会有别的企图吧？"

网上经常有大学教授性侵学生的新闻。青汎笑着对林奇说："要不，你陪我去吧？"

林奇说："不好意思，周末我还真的没空。要不，你随身带个什么防身的东西，辣椒喷雾什么的。不过我听说文教授是有名的富豪，身家不菲，而且人嘛，也算是儒雅，你这又黑又瘦的，也许人家根本看不上你！"

青汎朝林奇背上打了一拳。不过照照镜子，自己还真的像林奇说的一样，3个月在农村风吹日晒，自己满脸高原褐色，配着一张传统中国特色的脸，细长的单眼皮和厚厚的嘴唇——完全没有一点通常审美习惯中关于"美丽"的印记。这时，林奇往她头上披了一块头巾，对着镜子说："你看，你披上头巾，和咱们宿管阿姨相比，人家还真比你洋气。"

这让青汎无比开心，和林奇打闹在一起。

深夜，青汎悄悄起来，从随身的包里摸出一个白色的小瓶子，看看林奇，没有任何动静。她爬上林奇的梯子，将林奇的被子拉起来盖住林奇的脸。林奇翻了个身。青汎已经想好了说辞，没想到林奇并没有醒来，继续呼呼大睡。青汎将林奇整个包在被子里，确保林奇既不会憋气也不会探出头来。下了梯子，青汎麻利地用自己的毛巾包住口鼻，在自己的桌子上摊开那幅仿燕文贵的《江山楼观图卷》，找到主峰处的庙堂，打开小瓶子，用毛笔蘸着里面的小粉末涂在庙堂上。涂完后，青汎用一小片塑料盖住这个区域，再小心地将卷轴卷起来。小瓶子则拿到厕所里烧掉，灰烬倒进马桶中。

干完这一切回到宿舍，林奇的脑袋已经从被子里探出来。青汎自言自语地说："吸入一点没关系的，仅仅会咳嗽。"林奇配合似的咳嗽两声。

文教授住在一个很棒的小区里，那里都是联排别墅，文教授住在其中靠边的一栋。青汎跟着导航找到文教授家门口。大门是两扇铁防盗门，前院很杂乱地沿着小路种着一些普通的花草。文教授热情地给青汎开门："研究生两年，你还是第一次来我家吧？"青汎笑着应承。

文教授给人一种如沐春风的感觉，穿着考究的真丝居家服，汲着阿玛尼真皮拖鞋。青汎暗暗感叹文教授的生活品质不低。比较起来，自己 300 元一整套的帽衫和裙子可能还不及文教授一只拖鞋的价格。青汎跟着文教授进入别墅里面。他家一共 3 层，1 楼是客厅、大画室、厨房和卫生间；2 楼是两间卧室，一间书房和卫生间；地下室是巨大的书房和储藏间。家里装修得很有品位，客厅是简约的现代风格，前后是巨大的落地窗，灰色的亚麻窗帘，正面的墙上挂着巨幅郭熙的《早春图》，仔细一看就知道这是现代工业仿制的。难得的是，仿制得很好。这幅画与整个简约现代的家具陈设相得益彰。青汎不由自主地被巨大的山水所吸引，没有注意到客厅里还坐着两个人。

文教授笑呵呵地给两人介绍："青汎一看就是学艺术史的，眼睛自然关注画。青汎，你不必拘束。"青汎礼貌地和大家打招呼，王建是知名的艺评人，也是一位艺术家。

董源首先开口："文老师，您家里的保姆是休息了吗？"

文教授笑眯眯地说："我就没有保姆。征明出国前给我找过，我觉得自己身体也好，什么都可以自己干，要个保姆做什么。干家务活还可以健身。"

王建附和着说："文老师生活方式简单，值得佩服。以后家里有什么事，我和董源来帮忙。"

文教授说："你们那么忙，就不麻烦你们了。我还有一个工作助理，有时候会过来帮帮忙。再说了，我就不找保姆，这样可以刺激下征明，让他能早点回国。"

董源笑呵呵地说："得嘞，今天的厨房交给我，你们谁也别和一个厨子抢。”

文教授说：“那我们可有口福了。”转过头对青汎说：“他们今天刚好来看我。他们俩都很熟了，你也别拘束。咱们去我的画室看看你带来的东西。”

两位师兄对于青汎这种长相平凡的女孩一点都不上心，乐得顺水推舟。

文教授的画室很大，墙角摆放着好几个立式空调，空调是时刻开着的，画室里的温度差不多有22度左右，很宜人，光线很好。

画室里有一整面墙的巨大书架，上面摆满了各种书籍。青汎不禁心生羡慕，想起了山村学校里的小图书室。文教授给青汎拉来了凳子，靠着颜料架坐下来。青汎这才注意到这个豪华而巨大的颜料架，差不多4米多高，5米宽，每一格都有精美的标签，标明颜料的质地、产地，从左到右依次是黑色区域、红色区域、青/蓝色区域、绿色区域、黄色区域，还有各种胶类、松香、油脂等。每个区域的每种颜料分门别类安放在架子上的盒子里，乍一看以为来到了颜料超市。

架子对面是一面墙的巨大砧板，画好的作品可以挂在那里经历艺术家最严厉的挑剔。画室的透明天窗下面是一个巨大的案几，上面卷着各种各样的纸、笔和文房四宝。画室挑高差不多有12米，靠近东面墙壁上，靠墙斜放着一些绷好的巨大的油画布，有些油画布上用炭笔打了草稿。最外面的油画布上则是一幅喷绘在画布上的经过PS技术处理的照片，这张照片的一部分已经被油画丙烯颜料所覆盖。可以看出来未来喷绘的部分都会被油画颜料所覆盖，整幅作品会成为文教授的新作品——这是油画的堕落还是创新？尧青汎难以界定。

案几上摆着一幅山水画尺方。青汎俯下身专注地看着这幅画。文教授笑眯眯地喊青汎：“青汎，给我吧。”青汎愣在那里，突然想起来论文，赶紧从包里拿出打印版的论文，顺便拿出自己的笔记本电脑。文教授一边接过厚厚一沓论文，一边戴上眼镜：“老花了，不像你们年轻人，现在看屏幕都看不清。”接着随意地说：“那幅画你带了吗？”

“哦，当然。”青汎从包里小心翼翼地拿出那幅在山村里范宽送给自己的画，嘴角露出微笑。青汎的眼中透出光芒来，恭敬地双手将画卷递给文教授。

文教授将画放在案几上，重新拿起论文看起来。

这关口，青汎趁机仔细看着那幅山水画尺方，内心里有种奇怪的感觉。

画上画着茅亭，看似恬淡，但仔细一看却有一股直入心灵的犀利面目：远景一痕重山上隐约有楼阁，不甚清晰；中景一湾空白应是表现静水，水中行着几尾渔舟，看不清楚里面的旅客和船夫，却看得见鱼篓和鱼篓上的点点猩红；近景几株荒柳如野树，几近偃伏，以小披麻线的横笔点染，像俯首称臣的妖怪；画面的视觉中央是立于荒岭上的空空茅亭，用短笔勾出轮廓，临江而立在野树之上，是荒山的茅亭篱落。

题跋写着一首诗：

亦非渔捕亦非贾，
避风湾处空帆蒲。
为看夕阳沿翠壁，
归来载取一蟾蜍。

细看之下，在立着茅亭的崖壁上，阴阳墨迹交汇之处显露出一只蟾蜍，蟾蜍似乎是金色的。落款和钤印都是“龚干”。

青汎知道，龚干是一个在史料中时有时无的人物，有人认为其人是明末清初著名画家龚贤的弟弟；但也有人认为历史上并无其人，仅仅是龚贤年幼离家，经历人情悲欢之后的一种想象。流传至今的龚贤作品题跋中有时会出现“龚干”两字，但龚氏家谱中却从未有过任何关于这个人的记载，甚至连龚贤自己的文章中也并没有承认过自己有弟弟。

当然，这幅画的吊诡之处并不仅仅是诗文的落款和钤印，而是整幅画作的意涵。画作使用中国传统山水尺方的形态，事实上采用了西画的透视画法；画面呈现出看似云淡风轻的文人画的心态，并不崇尚商贾利欲，但金色的蟾蜍却着实代表着金钱；题跋也很明确地呈现出对于利益的渴望。青汎又仔细地看画中的荒岭、静水以及唯一的运动物体——渔舟，由静谧荒芜中感受到一丝威胁的意味，这是一种对于金钱的志在必得的信心，以及对于这个荒寂空间的全然十足的控制力。画家如果寓意渔舟上的人是龚干，那么这个亦实亦虚的角色是夺取金钱——蟾蜍——占领这片荒境的最佳人选。

文教授的声音打断了青汎的思索。文教授随意的声音传来："青汎，这幅画有趣吗？"青汎点点头。

文教授说："说说这幅画。"

青汎说："这算是考题的一部分吗？"

文教授说："现在又不是在学校里，随便说说。"

青汎说："我感觉到——一种控制力，对周围所有事物的一种控制力。"

文教授停留了几秒钟，露出欣赏的表情："继续说。"

青汎说："可是有些——嗯——怎么说呢——拙劣。就像是法拉利配了一个1.6的发动机，虽然有着法拉利的外壳，却是桑塔纳的内心。相比之下，我带来的这幅要高了不止一个level。"

青汎露出一种挑衅的表情，这有效地刺激了文教授。文教授仍旧表现出满脸和煦的笑容，只是青汎能够感觉到，这笑容里面已经包含了一种不满。

文教授放下了论文，拿起那幅青汎带来的画，一边说："你这么一说我倒有些好奇你这幅画。咱们一起看看吧。"

青汎的那幅画很像是燕文贵的《江山楼观图卷》，也是一幅纸本横卷，宽31.9厘米，长96.9厘米。画中描绘了苍浑古秀的崇山峻岭坐落在宽阔的江水两侧，在峰峦之中、江边平原鳞次栉比坐落着各种楼观群。山脉中，林木茂盛葱郁，和《江山楼观图卷》一样，画中树木的枝干都呈现出向右倾斜的态势，整幅画中的风雨氤氲呼之欲出。画中行旅的樵夫、打鱼的渔人以及商贾都朝向他们附近的楼观，在风雨中艰难行进。整幅作品看似描绘了如练的江水和叠嶂的群山，但仔细看，则发现山峦以及江边的楼观并不是简单的楼观。靠近江边的，是茅屋篱院，似乎是渔人或者樵夫的住处。山腰处，掩映在绿树和山石中的，是楼台亭格的建筑群，重檐的歇山顶在山谷中鳞次栉比，在整个横幅的卷轴中多达 7 处，很显然是已经成规模的城市群，且其中一些俨然富有皇宫的气势。而在最高峰的附近，有一片建筑群则有些独特，层叠的楼观看上去像是庑殿顶，巨大讲究，但更庄严，也更加难以靠近，像极了仙山中的庙宇，巨大的山脉主峰在其背后，成为这个庙宇最奢侈的背景。当然，整幅画的玄妙之处不止在此，而在于所有叠嶂山峦上的树木都呈现出向右倾斜的姿态——要么树枝，要么树干——任何人看到这漫山遍野的树木的形态，首先想到的就是大风，只有大风才能够让整个世界为之倾倒。江水却没有被掀起浪花，这是一处匠心。虽然我们不知道古人对于物理有多少了解，但画家这样的设计，足以证明另外一个更具野心的表达：江水即便将山峦一劈成二，但也形成了山峦的夹持状态；虽然有大风的挑逗，但受制于山石，依然无法掀起大浪。山石、大风和江水形成了一个互为因果的闭环系统。而那位于顶峰的仙山庙堂，则位列仙境中，俯视着这一切。在这个自洽的山水人和的世界中，有一只无形的手制定着规则，整个山水场域因为各种各样的原因执行着规则。虽然画面中充满着倾斜的树木、艰难行旅的路人，但是这些生命依然在这个规则之中渺小地活着，构成这个倾斜的山水世界中的一部分。

文教授缓慢地打开卷轴，一开始只是漫不经心地看，接着取下自己的眼镜示意青汎拿来自己放在案几上的巨大的水晶凸透镜——高级的放大镜，仔细地看着这幅没有落款，只有一些钤印的纸本画卷。

青汎隐隐露出一丝笑容——她知道自己的诱饵已经吸引到大鱼。

燕文贵是一位北宋年间的画家，早年从军，目前传世画作不多，很多人对他都不熟悉。但他却是自成一派的大师。青汎和常珊珊几乎寻遍了艺术史，才找到这位不为大众所熟知的大师，关键是他的仿画足够形成针对这个网络的吸引力。

自发生那件事情以来，常珊珊总是通过解决自己寻找的问题，达成和这个世界的和解，才能够活得下去；而青汎则顺理成章地让自己成为这个网中的一个结点，而且是最中心最重要的那个结点，她把自己想象成文嘉，想象成王建，然后用他们的思路来看待整件事情，所以青汎宁可冒着坐牢的危险也不会自杀。

这幅仿燕文贵的《江山观楼》确实更对文教授的胃口。青汎看到了他们的弱点，这使她产生了一种满足感，比大汗淋漓的夏天吃到冰激凌还快乐。这种快感是一种吸引力，让青汎专注于她们的计划本身，忘记了最初的原因。

半晌，文教授用缓缓的语调说：“这幅画很有意思。给我说说。”

青汎正要说什么，师兄王建进到画室里来：“文老师、尧师妹，午餐好了，来吃饭吧。”

文教授放下画卷：“论文结构不错，这幅画也很有意思。不着急，先吃饭。”看似无意，文教授收起了青汎送来的那幅画卷，放在案几靠里的位置，又将那幅山水尺方倒扣着放在案几上。青汎露出一些期待的表情，跟在文教授后面来到餐厅。

03

午餐很丰盛，董源师兄真的是美食专家，餐后还准备了甜点，王建师兄沏了好茶。

餐后，文教授没有急着指导论文，也没有急着回到画室去看那幅卷轴，而是带着徒弟们在自家后花园里坐着聊天。趁着大家聊天的工夫，青汎在厨房里洗碗，收拾厨房和餐厅，并不时地观察在画室案几上躺着的，自己带来的那幅画卷。青汎这样的表演被文教授看在眼里。青汎自己也知道文教授看到自己对于那幅卷轴的关心。只是他们都没有发现王建也在关心着那幅新出现的卷轴。

下午接下来的时间，文教授再也没有提起过文论，也没有提起青汎带来的那幅仿画。

青汎看着在初冬阳光下畅聊的 3 人，不自觉地想起村里的午餐后时光。在村里，午餐后是耕作学校自留地的时间，学校所有孩子的大部分蔬菜都来自于这一小片自留地，靠边还养着一些鸡。想到这，青汎端起一小份董源师兄留在厨房的小饼干，放下点心，引出话题："听教授和师兄聊天很长知识。我一直期待能亲耳听听教授解读古画，我带来的那幅能不能——"

文教授似乎很乐意："好啊！青汎同学很有灵性，现在的年轻人，像你这么喜欢古代艺术的不多了。"

王建适时地插进来话："文教授，您今天下午是不是还有另外一位客人？”

文教授说：“哦，你不说我还真忘了。对对，这时间，他快来了吧？”

王建说：“那您这件事更重要，我们就先告辞了。尧师妹，你的画和论文再和老师约时间可以吗？”

青汎有点焦急，但假装淡定。

文教授笑着说：“青汎，可以把论文留下来吗？我也仔细看看。明天你有空吗？有空再来我家吧。我周一就出差了。那幅画你自己看，是带走明天再带来还是留在这里，都可以的。”

青汎不住地点头：“我都放在这里。希望您有空时能看看那幅画。”

青汎识趣地离开了。她离开的时候，两位师兄还在文教授家里，据说也准备走。

第二天，文教授一整天都没有出现在学校里，也没有和青汎联系，这一点青汎已经预料到了。掐算好到周日下午5点多，青汎觉得时间刚刚好，于是决定再去文教授家里看看。

文教授家院子的防盗门虚掩着，青汎按了好久的门铃都没有人应答。她用力敲了敲门，很奇怪，整栋别墅的大门居然没有上锁，门就开了。青汎有些意外也有些兴奋，像是即将上场的盛装的演员。她在门口大声喊：“文教授，我是尧青汎。请问您在家吗？”喊了几声还是没有人回应，青汎站在门口有点不知所措，徘徊着观察街道上的监控摄像头，故意在摄像头前走两圈，然后推开院子门。落地窗的窗帘拉上了一半，透过窗户，青汎看到客厅茶几上还放着昨天董源带来的点心。青汎觉得有些蹊跷，文教授是一个仔细的人，眼前的景象和自己的计划并不相同。她犹豫了一下，一边大声喊着文教授，一边推门进去。

整个别墅的空调开得很大，客厅里非常热，空空如也。青汎大声喊着：“文教授！我是青汎！我进来了！”

整个别墅充斥着一种特别的味道，有点像苦杏仁。这是青汎熟悉的气味，但是这样的浓度早已经没有杀伤力了。青汎在那幅巨大的《早春图》面前伫立了差不多十几秒钟，调整好呼吸，然后朝那个明亮的画室走去。

画室里的景象让青汎惊诧不已——完全不在自己的计划里面。眼前的文教授俯身侧躺在地上，身边的地上有一枚青铜雕花镇纸，镇纸上有一些血迹。教授的头部明显受到击打，血液从头部迸射到地上，血滴凝结在地上，像一幅现代派的作品。文教授的表情并不狰狞，甚至有几分安详。青汎想象不出发生了什么，这不在自己的计划之内。虽然此刻多少有些慌乱，但很快青汎就恢复了平静，随即快速地扫视这个巨大的画室：颜料架显然和昨天自己来的时候不一样，这几乎只用了一秒钟；砧板上没有发现什么，案几上，自己的那幅仿画和龚干的山水尺方还在，这让青汎多少有些疑惑：在她的概念里，无论是谁杀了文教授，都是那个网络里面的人，而自己那幅卷轴目前对于这个网络一定有巨大的诱惑力。难道是自己的判断有误？文教授有别的仇家？还是她在卷轴上下毒的事情已经被这人识破了？

青汎没有时间多想，即刻拨通了报警电话。挂掉电话后，她随即用手蘸上桌子上洗砚盆中的水，滴在仿燕文贵的《江山楼观》画卷最高处的仙境楼观上，接着将龚干的山水尺方撕烂，又蘸上洗砚盆里的水。做完这些后，青汎跑出别墅，在门口等警察。

警方很快就封锁了这栋联排别墅。青汎站在别墅门口配合警方的调查。文教授的死亡时间大致是昨天夜里 23 点至 0 点之间，有可能是突发脑梗或突然中毒身亡。所以目前警方还不能肯定是谋杀还是因病死亡。

接受警方问询时，青汎详细地告诉警方前一天和文教授见面的所有细节。

警方调取监控显示，从昨天至青汎报警这 24 小时，文教授家里只有青汎、董源和王建进出，没有其他任何人进入过别墅。很快，董源和王建也被警方请到了警察局。两人都是在青汎离开之后才离开文教授家的。青汎觉得奇怪，难道教授约好的那个下午即将来的客人没有到？或者根本就不存在这样一位客人？警方此刻不会给予任何答案。

青汎觉得有些沮丧。计划才刚刚开始，拍卖会还没有举行，自己的目标就惨死他人之手。虽然自己的目的也是杀了文教授，但青汎的毒药需要一个月的时间慢慢引发，可是才第一次释放毒药，文教授就已经被害了。青汎不知道接下来自己将面临什么，是已经进入了这个网，还是游戏已经结束？

青汎内心无比惶恐，却又像是初恋的女孩期待情人一样期待着接下来的事情——她知道，好戏才刚刚开始，自己的诱饵不可能完全被人忽视。自己和常珊珊一直以为文教授就是这张蛛网上最核心的那只蜘蛛，现在他死了，那么这张网呢?

04

青汎的惶恐不自觉地表现出来——无论是紧张的眼神还是不断揉搓的双手——在警方看来，这是一个女孩子见到凶杀案之后的正常表现。

警方当然针对青汎做了专门的调查。结果显示：青汎昨天下午从文教授的别墅前门出来后，乘地铁到学校。同宿舍的林奇证明整个晚上青汎没有出过宿舍。目前，除了青汎进入文教授画室的 5 分钟之外，其余的时间，青汎清清白白。

初步验尸结果显示：文教授的遇害时间在夜里 23 点左右，死亡原因是突发脑梗。诡异的是重物击打头部是在文教授已经死亡之后发生的。这让负责此案的袁队长莫衷一是。

警方排除了青汎的嫌疑，让青汎回到学校。从警察局出来之前，青汎提醒警方注意颜料架。

过了一天，青汎主动联系警方。再次来到警察局，一位年轻的刘姓警察接待了青汎，对她很和蔼、礼貌。青汎以自己落在文嘉画室那幅仿燕文贵的《江山楼观图》为话题，问警方要那个属于自己的东西。刘泉高大强壮，彬彬有礼地告诉她：“案件还没有结束，这些东西都将作为物证保留。”青汎捕捉着刘泉的微表情，感觉目前警方还没有检查出卷轴上的毒药。她转念一想，自己用的原本就是以前装裱用的材料中的一种，只是纯度更高，所以暗暗地警戒自己：还是不够自信，既然已经想好了后果，为什么还再次来警察局探究？

当然，既然来了，还是探究一点什么再走，自己在现场看到的尸体诡异的表情在脑海中挥之不去，青汎知道这里面肯定有什么线索。

青汎主动引出话题：“刘警官，我——嗯——想提醒你们一件事。”

刘泉和善但有些漫不经心地看着青汎：“你说。”

青汎说：“文教授画室里的颜料架，很奇怪——”

刘泉说：“谢谢，你已经跟我的同事说过了。刚好你来了，你是学美术的，我请教你一个问题，如果一个人是色盲，那么他可以画画吗？”

青汎笑着说：“那要看画什么画。还要看这个人色盲的程度。”

刘泉直接说：“文教授是色盲吗？”

青汎大吃一惊：“文教授？我从来没有听说过！”她转念一想：“虽然文教授这几十年一直研究山水画，没有研究过设色画，他的作品也很少有设色山水，但不代表他就是色盲呀。”

刘泉说：“你告诉警官文教授颜料架上的颜料放混了，绿色颜料盒子里放着红色的颜料，而红色颜料盒子里放着绿色的颜料。这条信息很重要。”

青汎问：“你为什么问我关于色盲的问题？”

刘泉没有回答。

青汎没打算结束：“你们根据这一点锁定了嫌疑人？”

刘泉依然微笑着，并不回答。

青汎似乎有些着急："不会——是董源师兄吧？他是文教授的学生，因为突发红绿色盲，毕业后没有从事和艺术相关的工作，开了一家面包店。所以你们怀疑他？"

刘泉笑着说："你真的很聪明。"

青汎更着急了："你们错了！你们忽略了一些事。"

刘泉大笑道："我还什么都没说呢。"

青汎着急地抓住刘泉的胳膊："那些盒子，颜料架上的盒子是不是从左到右依次是黑、红、青/蓝、绿和黄色？这个位置有没有变化？"

刘泉皱起眉头："你记得这么清楚？我看看有没有变化——对，没有变化。"刘泉翻看完桌子上的材料，抬起头来。

青汎说："那你们就怀疑错人了。"

刘泉这一次用严肃的眼神直视着青汎，而青汎也用清澈的眼神回视刘泉。青汎并不是长相漂亮的女孩子，细长的眼睛，厚厚的嘴唇，瘦瘦的身材，黑黄的皮肤，可是眼神中的桀骜和骨子里的修养加载在平凡的外貌上，就像是一台表面普通的汽车拥有顶级的发动机，一不小心就透露出表面之下的强劲动力。刘泉显然在一瞬间感受到了这一点。

青汎浑然不知，依旧盘算着如何从眼前这个比自己大不了多少的警官嘴里得到更多的东西。她接着说："这个人既然能分得出来红色盒子和绿色盒子，又是如何将里面的颜料放错的呢？红色盒子和绿色盒子中间还隔着青蓝色，一般的红绿色盲对于青蓝色是色弱。”青汎的神情变得严肃起来：“我还有一个问题，放错的颜料是最中间那层的植物颜料吗？有没有把化工颜料和矿物颜料放混的情况？”

刘泉此刻觉得自己之前真的小瞧了眼前的这个小女孩。她认真地在桌子上查找资料，然后对着青汎点点头：“没错，放错的颜料是正中间那排颜料，上面和下面的那些包装好的颜料和颜料都没有错。嗯，我们还没有调查这些颜料的材质——这有什么问题吗？”

青汎说：“文教授的植物颜料是我们学校的几位老师和同学为他特制的，用小玻璃瓶装着，也是文教授最喜欢用的——文教授虽然以前画大青绿，但是他本人这几年一直在画小青绿。所以放在正中间的那一层的颜料架是文教授最常用的小青绿颜料——这个人，懂艺术，而且了解文教授。”

刘泉露出一丝不解的表情：“嗯，我——不明白你的意思。”

青汎说：“大青绿一般用石青和石绿，是矿物质颜料，而文教授是不用的，小青绿就是我们给文教授制作的这些植物颜料。所以这些颜料不仅仅是被放错了这么简单，肯定还有别的原因。”

刘泉问：“大青绿和小青绿是？”

青汎说：“都是中国青绿山水的画法，比如《千里江山图》就是大青绿，而小青绿就像是宋朝的《江山秋色图》，还有我落在文教授家那幅仿燕文贵的《江山楼观图》，也是小青绿。放错颜料的人不是色盲，是故意放错的。而且，至少他们不像你们这么不懂艺术。”青汎说这话的时候没有半点不恭敬的口吻，奈何刘泉难免听出一丝轻蔑，眼神中透露出些许尴尬。

原本自己对这个普通的女生没有任何特殊的感觉，短短几句话，这位警校的高材生不得不对眼前的普通女孩刮目相看。

青汎依然沉浸在案情中，此刻，了解更多的信息才是自己的目的：“这些植物原料里面一定有什么秘密。你们，难道没有觉得教授死亡的样子有些奇怪吗？”

刘泉说：“对，我们也正在调查，为什么会有人在文教授已经死亡之后再用镇纸击打他的头部。”

青汎浑身发冷：“什么？教授不是因为镇纸打到脑袋才死的？”

刘泉点点头：“本来不应该告诉你，文教授死亡的原因是急性脑梗。而在他去世之后，有人用镇纸击打了他的头部。”

青汎喃喃自语道：“所以教授的表情很奇怪，是因为发生了脑梗？教授平时有心脏病或者高血压这些引发脑梗的疾病吗？”

刘泉说：“你——以前听说过文教授有这些疾病吗？”

青汎摇摇头：“引发脑梗这种疾病的原因很多。是谁在教授已经死了之后还去攻击他呢？”

刘泉说：“正在调查。说实话，你比我见到的其他女孩子勇敢。”

青汎问："因为我见到尸体不害怕吗？那些颜料，你们检查了吗？"

刘泉叹了口气："我可能不懂大青绿和小青绿，不过，请你相信，我们对于案件调查是专业的。"

青汎说："我觉得你们应该知道一些关于艺术史的东西，关于文教授。也许对你们破案有帮助。"

刘泉微笑着优雅地说："既然这样，我送你回学校，顺便请你吃晚餐。"

青汎问："你不用上班的吗？"

刘泉说："调查案子也是上班。"

两人上了刘泉的车。

青汎没有浪费一丝时间："我进到画室就注意到了颜料架，和周六的时候不一样。这对于文教授而言是很奇怪的事情。文教授是一位严谨的学者，几乎不会随便放那些颜料，尤其是那些植物颜料，更不会放错。"

刘泉问："那些颜料里，你认为会是什么物质呢？"

青汎说："一定是溶于水又不容易被植物的酸性腐蚀的东西。另外，颜料是王建老师负责的。"

刘泉问："他们是谁？"

青汎说："我也想知道。"

刘泉说："你刚才提到王建老师？"

青汎说："王建老师是我们本科时的一位老师，但没有直接给我上过课。”

刘泉笑着问：“你喜欢吃什么？咱俩可以坐下来一边吃一边聊。”

青汎说：“我晚上一般不吃饭，所以环境安静一点的就可以。”

两人选了一家安静的西餐厅。落座后，氛围多少有些暧昧。刘泉仔细观察着眼前的女孩子。

青汎主动聊起来：“我不能确定这些对于你们有没有帮助，但是，我总觉得文教授突然去世并不简单。我想问你们，假设没有最后那个用镇纸击打文教授的人，没有这样怪异的尸体，文教授真的因为脑梗突然死亡了，那么你们还会继续调查这个案子吗？会不会就认为是自然死亡？”

刘泉完全没有猜出青汎会问出这样的问题，或者，他自己没有假设过这样的问题。

青汎睁大眼睛认真地看着这位年前的警察，虽然她觉得自己和这位警察还处在陌生阶段，但是对于那个计划的执着让青汎没有时间考虑一个常规的晚餐开场白。

刘泉露出一丝钦佩的笑容：“一般情况下，我们还是会对尸体做检查，对出现尸体的现场做勘验，如果没有问题，我们可能会做出判断。目前，我们确实也很难判断文教授究竟是自然死亡还是被害身亡。所以——”

青汎说：“所以如果没有最后那个人的击打，有可能你们就不会继续调查文教授的案子，也有可能以突发脑梗去世结案，是吗？”

青汎有些咄咄逼人，这样的状态一般情况下是身为警察的刘泉针对别人的，这一次被一个女孩子这样逼问，刘泉多少有一些不自然。

过一会儿，刘泉恢复了自信的笑容：“我们相信任何凶手都会留下一些痕迹，所以，即便没有最后那一下击打，我们在调查文教授突然去世的时候，也不会完全对细节视而不见。”

青汎说：“哦。”

刘泉反问道：“你不是想谈谈艺术史吗？”

青汎几乎忘记了自己要说关于艺术史的事情。她打起精神，给刘泉介绍了文教授研究的主要方向和近期的个人创作方向。关于这些多少有点深奥的艺术史内容，青汎自己以为已经直白地讲述了，但刘泉仍然露出尴尬而不失礼貌的微笑。

刘泉说：“那个，你觉得那天王建和董源，谁更有可能是凶手？”

这个问题吸引了青汎，她歪着脑袋看着刘泉：“作为训练有素的警官，我以为你会一直说一些正确的废话。”

刘泉大笑不止：“你挺刻薄的。”

青汎转变成冷酷的表情，一字一顿地说：“我觉得我最有可能是凶手。”

刘泉没有料到青汎会这样回答，睁大眼睛看着眼前这个瘦小的女孩子。青汎露出一种无邪的笑容：“可是我没有这个时间，也没有这个机会，我还想着交了论文平稳毕业，所以，我失去了这次机会。我一直觉得凶手是一个年轻人。”

刘泉问：“为什么？”

青汎说：“我瞎想的。”

“瞎想也一定有原因。”刘泉露出关切的神情。

青汎说：“这个一两句话说不清楚。艺术作品需要体系和学术支撑，没有学术研究的画作，就仅仅是画作而已；但是经过学术研究和艺术体系的背书，那么这样的画作就有可能成为值得流传的作品。换句话说，这样的作品值得收藏。收藏本身是一个复杂的过程，关乎历史、现在，经济、艺术以及人性。什么是真的，什么是假的？什么是好的，什么是坏的？制作赝品很简单吗？错了，很难！需要了解艺术史，了解艺术家每一个阶段的不同风格，还要了解市场和人性。何况米开朗基罗和张大千都曾经以造假画为生，一点也不影响他们的艺术本身，不仅收藏家将他们的仿画当成和真迹同样珍贵的作品收藏，从某种角度看，恰恰是他们的仿画保护了那些真迹。所以仿画究竟是错是对？这不是一道判断题，也没有正确答案。它是艺术圈的现象。”青汎看着眼前的校园，悠悠地说：“我们在一个巨大的网络里，由学术著作、艺术作品、文物史料和诸多的艺术家、学者构成的网络，那个击打教授的人，可能是一个想要突破这个网的人。”

刘泉表情凝重：“你呢？也想要突破这个网络？”

青汎用淡淡的微笑回应：“我和常珊珊去过的那个村——

骆村，曾经制作很好的宣纸。可是现在，那里生活的孩子们已经没有机会进入艺术的大门了。”青汎无比悲伤，眼中流出眼泪来。刘泉可以感受到这其中的真诚，没有半点虚伪。

青汎接着：“这样的网络必然造成这样的结局。那些村子里的‘梵高’，比如送给我那幅卷轴的范宽，很难进入这样的网络。”

青汎从刘泉的车上下来朝校园里走去。看着青汎的背影，刘泉油然而生出一种想要保护眼前这个艺术的、瘦弱的女孩子的想法。

回到警局，刘泉申请调查青汎的所有资料。

回到宿舍后，青汎则在脑海中不停地回想那天的场景，回想两年前发生的事情。

一周后，青汎接到了一个陌生的电话——文教授的儿子文征明。青汎内心里暗暗欣喜：自己的判断是对的，既然是一个商业的网络，那么就一定会有备选方案。在这样一个高利益的世界中，在行事的同时考虑好重启方案几乎是必修课。所以自己和常珊珊并没有失去游戏本身，而是仍然处在游戏当中。

05

他们约在学校附近的咖啡店见面。看得出来，文征明非常痛苦。

文征明见到青汎，露出一个友好的微笑："我父亲曾和给我说起过你，说你很有天赋。"

文征明是一个文质彬彬的中年人，大约三十七八岁的样子，戴着金丝边眼镜，大大的眼睛很温和——文征明就像是一个年轻版的文教授。和文教授一样，文征明身材健硕高大，一看就是那种经常健身的人，穿着有设计感的带几何荧光图案的白色T恤，米白色裤子。黑色的头发有点卷曲。青汎是第一次见到这位业内知名的艺二代。让文征明有些奇怪的是，一般父亲的学生见到自己，或多或少都会有一些隐隐的自卑，但是眼前这个长相平凡的女孩子没有。

见青汎的咖啡端上来，文征明开门见山："青汎同学，很感谢你能来见我。我这次来找你，主要想和你聊聊那天的事。"

青汎淡淡地说："那天的所有细节，我都讲给警察了，他们没有告诉你吗？"

文征明从包里拿出一张画："听警方说，这幅画是你落在我父亲家的？"

青汎接过画——没错，这幅画还是诱饵。青汎暗暗高兴，游戏终于重启了，虽然还不知道文教授究竟是被谁杀死的，但自己的诱饵还是在起作用。但是表面上，青汎表现出一种不经意的样子："这的确很像山区的小学生送给我的那幅，只是您这幅印刷版本的。"

在文征明看来，似乎是青汎在迟疑，于是他接着说："当然，这是原画大小的复印件。原件需要你自己到警方那里拿回来。"

青汎点点头。

文征明顿了顿，接着说："今天找你来，关于这幅画，我父亲说什么了吗？"

青汎说："文教授当时问过我对于这幅画的看法。我也照自己的想法告诉他了。"青汎根据自己的回忆，如实地告诉文征明那天下午发生的事情。青汎知道这个时候不能撒谎，因为眼前的文征明完全可以从另外两个人那里得到信息。关键是也不需要撒谎，因为她自己也需要利用那天下午的对话刺激文征明，从而找到他们的破绽。

那天午餐后，教授提议大家到后花园的露台坐一会儿。王建不住地赞扬这个木质搭建的露台和花园的雅致。初冬的花园，那些花朵都已经凋谢了，只有几朵菊花还惨淡地开着。董源忙着将他带来的小甜点摆放在碟子里，青汎则帮忙摆茶具。大家坐定后，文教授聊起了青汎带来的那幅画。

文教授说："青汎今天带来了一幅画，很像是燕文贵的《江山楼观图卷》。青汎，你去把画拿出来，给大家看看。"

青汎回到画室里，从大案几上拿出那幅画。回到花园，董源和王建帮忙展开。

文教授说："你们看看。燕文贵这幅画的原画在日本的大阪市立美术馆，不经常展出，看到一回不容易。这幅仿版虽然有很多地方有所出入，但在仿品中，真的画得不错。看一看也能设想真迹的样貌。"

董源一边用手托着展开的手卷，一边说："这纸——这纸有些奇怪。尧师妹，能告诉我这是什么纸吗？"

青汎说："这是我支教的那个村里做的。听说是几十年前的老纸。"

董源问："我是说这纸——里面加了什么东西？"

青汎说："一些中药。那是他们的传统，所以这种宣纸有些泛黄，保存了几十年还是这样。"

文教授打断了他们的对话："董源家里就是做宣纸的，所以自然关注这些。咱们还是来看看笔法和画意。你们看到这些小人了吗？画得真细致。"

王建附和着说："以前的人心静，能沉下心来专心画画，所以即便这几个小人不到一厘米，但仍然能看出他们的表情、衣着和动作。"

文教授说："青汎，你是怎么看待北宋山水的？比如这幅《江山楼观图》。"

青汎说："我觉得像这种行旅山水画，还有范宽的《溪山行旅图》，可能从一个侧面表明那个年代有这样带着东西旅行的人。画家应该见过或者听说过，不是凭空想象出来的。"

文教授问："你认为那时什么人会带着东西旅行呢？"

青汎说："最简单的推测是商人。北宋的时候，国力大大增强，商业发达，所以全国各地都会有很多商人南来北往，从事商业贸易，这应该符合历史。不过，我觉得还有另外一类人。"

董源问："哪一类？"

青汎说："文人士大夫，或者简单地说是官宦。那个时代，朝廷政令主要依赖官员执行，北宋拥有庞大的且层次、脉络分明的官员体系，几乎所有的地方官员都由中央任命。可以想象，这些官员们的活动有可能是一种以首都开封为定点的出入往返。所以有条件经常行旅的人，很有可能是官员。"

文教授点头微笑："北宋诗人王禹偁曾仕至翰林学士，但也多次被贬，他曾写诗'平生诗句多山水，谪宦谁知是胜游'。[①] 青汎分析得很有道理。"

青汎听到教授的夸奖很开心，大着胆子接着说："那个时代，往来南北的商贾，王禹偁、范宽、燕文贵这类官宦文人，都是菁英分子，这类行旅山水画一定会让他们感觉特别亲切，或者可以看成是他们生活的某种高雅的注脚，所以——"

董源接过话头："这类画会卖得很好。"青汎点点头，文教授笑眯眯地看着王建。

王建说："小师妹很厉害！说说教授客厅那幅仿郭熙的《早春图》，你怎么看？"

---

① 诗句出自王禹偁《听泉》，选自《小畜集》，卷8，收入（上海）商务印书馆编，《四部叢刊·初編》（上海：商务印书馆，1919），页5下。

青汎看了一眼文教授，文教授对青汎报以鼓励的眼神。青汎又看看董源，站起来，透过巨大的落地窗，对照着侧面墙上那幅巨大的仿版《早春图》说："和行旅山水的雇主是社会菁英不一样，郭熙的《早春图》雇主应该是——皇帝。画里早春的树木、山峦，树的朝向，山峦的大小、阴阳相悖，都体现出一种秩序感和面向最高主峰的向心力。嗯，画面的视觉中心是那棵巨松和主峰。重檐歇山顶的建筑群在主峰左侧山谷，这里可以理解为天子的居所，而背靠的仙雾缭绕的主峰则代表着仙境。画面中渺小的 3 组人物，无论是左右即将进山的旅人，还是右侧半山的山客，他们都向着画面视觉核心的方向前进，也就是向着天子的方向前进，而天子，背靠的则是仙境。这 3 组人可以代表天子治理之下的庶民生活秩序，他们也心向天子。所以这幅画描绘的是一种圣君治理之下有秩序的、完美世界的景象。"

王建说："不一定是圣君，也可以是一位在一个领域里掌控秩序和规则的权利人物。这种人控制着这幅画中的世界的一切，所有的树木、山峦、雾霭、人物都是以这个权利人物为中心的。"

青汎报以赞同的目光："所以这种权利人物希望控制力的永恒。《早春图》中，画的是早春树木发芽的山景，这也是最具生命力的时刻。宋朝的山水画并非写实，而是一种意境，所以画家画的早春是一种蓬勃生命力的永恒瞬间。"

文教授哈哈大笑，打断了青汎的话："青汎确实很有见地，只是分析得有些偏激了。总的来说不错。建议你看看《宣和画谱》。咱们进去吧，这个天气，我这年纪也就只能享受一时的阳光。”青汎觉得文教授的笑声有一种年轻的感觉，很奇怪的一种感觉，似乎和老年人不一样。接下来，4个人进到屋里。

咖啡厅里，文征明静静地听完青汎讲述那天下午的论画过程，不发一言，似乎陷入了沉思中。青汎没有继续说下去，而是看着文征明。青汎听说了，文征明一直在国外，如果不是父亲的案子，这位艺二代似乎还不打算回来。文征明端起咖啡喝了一小口，动作和文教授端茶的姿势几乎一模一样。青汎有些恍惚，但随即又立即否定了自己的胡思乱想——文征明从国外回来这件事无论如何很难作假，所以那天下午未知的那个人不可能是这位文教授的公子。

半晌，文征明看着青汎苦笑了一下：“你的记忆力很好。你听说了吗，我父亲的案子似乎结案了。”

这个消息又让青汎大惊失色：“什么？这么快？”

文征明惨淡地一笑：“家父半生都是教书匠，最终自己的学生却是最恨他的。家父因为脑梗突发去世，依然要拿镇纸击打他老人家的头部。”

青汎试探着问道：“您的意思是——王建师兄？文教授不是——自然死亡？”

文征明点点头。

青汎说：“可是王建师兄为什么要那么做呢？”

文征明冷笑一声，很好地保持了仪态："警方正在进一步审问他。他想要陷害董源，但还是被发现了。"

咖啡厅里，青汎眼角隐秘地露出一丝寒意："文先生，既然案子已经破了，那么你来找我还有什么事情呢？"

文征明说："我刚才已经说了，关于那幅画。"

青汎有些不明所以："我的这幅仿画？"

文征明说："你的这幅画和你的论文，与我父亲的案情关系不大，估计警方很快就会退还给你。我希望你能——将那幅画卖给我。"

青汎果断地拒绝了："实在抱歉，那幅画我真的不能卖。"

文征明露出自信的微笑："也许我出的价格会让你无法拒绝。"

青汎说："文先生，您此刻为什么会关心我那幅从乡下带回来的画？这个时候你不是应该处理文教授的后事吗？"

文征明说："这也是家父的后事之一。青汎同学，我和我父亲都很喜欢那幅画，希望你能将它卖给我。你可以开一个你能想象得到的最高价，我愿意。"

青汎露出更加迷惑的表情："可是为什么呢？那只是一幅不值钱的仿品。"

文征明说："出价吧。"

青汎见对方没有继续讲原因的兴趣，只好换了一种友好的口吻："真的很感谢您能喜欢那幅画。可是那幅画对我来说很重要。我不会卖掉它，多少钱都不会。"

文征明似乎失去了耐心："好吧，5 万块。"

青汎摇摇头。

"8 万块。"

青汎依旧摇摇头。

"10 万块。"

青汎背上包准备离开："抱歉，因为换了一位导师，所以我还要修改论文。"

青汎的态度让文征明也有些意外，他依然保持着自信的仪态："好吧，青汎同学，你是一个有头脑的聪明学生。20 万元。这是你可能通过这幅画获得的最高价值。"

青汎的嘴角微微上扬了一下，背上书包："真的很感谢您。我要回学校了。那幅画我真的不卖。"

文征明露出一种无可奈何的表情，走上前拦住已经走出咖啡厅的青汎："尧同学，你很有天分。我只是提醒你，毁掉一幅画总得偿还另一幅。下一次，我开不出这么高的价了。"

青汎像是被即时定住了一样立在人流熙攘的路边，文征明微笑着看着她。青汎想过很多可能的情况，也推演过到底谁才是凶手，可是文征明的这句话又一次打破了青汎的推论：文征明是如何知道自己在画室的行动的？难道他当时在画室里？还是文教授当时没有死？

文征明给青汎留下自己的联系方式后走了。

青汎在原地愣了几分钟，收起文征明的名片，用有些颤抖的手立即打通了刘泉的电话。

华灯初上的时候，刘泉高大的身影出现在这座美术类大学的校门口。青汎焦急地上了刘泉的车。来不及寒暄，青汎就立即提出了自己的疑问："文教授的儿子文征明，你们调查过吗？他有可能提前回国吗？"

刘泉说："他是在教授去世后的第二天回到本市的。我们查到了他的登机信息，也调取了机舱的监控。"

青汎问："他不是一直在国外吗？"

刘泉说："他大约在两周前回到中国，一直在上海处理一些工作的事情。你为什么这么问？"

青汎问："你们确定他是教授去世之后才回到这里的？"

刘泉说："至少目前的所有证据都显示这一点。"

青汎又问："搜查过文教授的画室吗？有没有监控？"

刘泉说："当然。如果有监控，我们的调查就简单多了。没有发现任何监控设备，摄像头、针孔相机都没有。为什么这么问？"

青汎沉默了。

刘泉盯着青汎："尧同学，你是不是遇到了什么事情？相信我，于公于私，我都愿意帮助你。"

青汎看着刘泉，习惯性地捕捉着这位警官的微表情，没有虚伪和冷酷，可以感觉到真诚的关心。青汎犹豫着，将自己的故事诉刘泉："可能会需要一些时间才能讲清楚。"

刘泉说："我有时间听。"

06

青汎将刘泉带到自己简陋的小工作室，也是自己的住处。工作室狭小且凌乱，到处都是书和卷轴。只有两把椅子，两张桌子。

青汎有些抱歉地说："平时工作室并不来人，离学校近的房子都很贵，我只好租一个小的。请坐。"

青汎忙着烧水、泡茶，刘泉看着墙上随意张贴的一些国画小样。

刘泉说："我第一次来艺术家的工作室。"

青汎有些不好意思地说："我其实不是艺术家，我是——研究艺术史的。"说着递给刘泉泡好的茶："我这里只有两个杯子。不过都洗得很干净。"

刘泉坐定。青汎像是讲述一个悠长的梦境一般，开始讲述记忆中的故事。

"从这幅仿燕文贵的《江山楼观图》说起吧。"说着，青汎打开电脑，调出里面这幅仿画的电子版。

"这幅画是我在农村支教的时候，我的学生送给我的。她是一个很可爱的女孩子。名字和宋朝的一位艺术家同名，叫范宽。"青汎陷入遥远的回忆中。

上学期快要结束的时候，学校组织支教，青汎主动报了名，挑选了西南地区最偏远的一个小村——骆村。整个乡村只有这一所学校，一、二、三年级是同一个班，四、五、六年级是一个班。全部学生只有 20 多人。学生们几乎没有上过正规的美术课和音乐课。学校以前只有两位老师，什么都教。常珊珊是这个村子里第一位美术和音乐老师，青汎是第二位。她们俩到村里之后，学生们终于可以学习音符的美丽，了解谁是梵高，谁是沈周。

学生们对青汎很好。在村子里的每一天，青汎都可以发现一些新鲜美丽的东西，有时候是老房屋顶带着花纹的瓦片，有时候是村里石板路上长得像抽象派绘画的苔藓。

常珊珊虽然一条腿瘸了，但在这个村子里拄着双拐行动伶俐。她告诉青汎，这个村子有一定的历史，从一些人家留下来的老物件判断，至少在明朝时这个村子就已经存在。明清时候，村子曾经以做纸为生。只是在山沟沟里，战乱年代躲避了炮弹，和平年代也错过了发展。村里做纸的工艺被绝大多数家庭抛弃了，因为不赚钱。他们务农，做一些编织品，养牛，只是没有人再继续做纸。现在村里的孩子大多是留守儿童，他们的爷爷奶奶用残存的生命耕地照顾他们，他们的父母则在大城市里漂泊着。

范宽 11 岁了，因为带弟弟，上学比较晚，才上二年级。是个懂事的孩子。范宽最喜欢青汎上的美术课，和别的小孩子不一样，范宽天生就知道很多关于画画的知识。常珊珊告诉青汎，范宽祖上是当地做纸的大户。范宽家里有很多老的宣纸，也不知道是哪个年代的，堆在家中的角落里落灰。常珊珊也是无意中在范宽家里帮忙时发现这幅画的，范爷爷就将这幅画送给了常珊珊。青汎快要离开村子的时候，常珊珊把这幅画送给了青汎。

刘泉听了青汎的故事，很感动。

可是这段记忆还有另外一面。记忆本身像是人类“自我认知”的一个手段，但是由于各种原因，记忆本身拥有一定的不确定性，甚至可以说，“记忆”是一个重构的过程。青汎记忆中的那件事将另一个青汎从记忆深处拖出来，以她自己都不知道的天赋开始帮助自己冒险。那是一段并不太愉快的记忆，青汎此刻告诉一个陌生的警官，是赌上了自己和常珊珊的计划。她知道一个警察虽然也无法撼动那张网，但是他可以帮助自己找到文教授死亡的答案。

大学时，常珊珊和青汎一间宿舍。常珊珊学习国画，和青汎不在一个专业，但是因为两人在一间宿舍，所以成了无话不谈的好朋友。常珊珊在别人面前很木讷，在青汎面前则很阳光；青汎和常珊珊也一见如故，对她很温和，她的另一面愿意为了常珊珊挺身而出做很多事。

常珊珊功底很好，大二的时候开始参加老师的一些项目。大三时，常珊珊就更忙了，开始研究名家名作，从明清时期一直到民国时期，齐白石、张大千、黄宾虹、八大山人、龚贤、戴进、蓝瑛、陈洪绶等，常珊珊开始模仿这些大师的笔法、用墨和气韵。这让青汎钦佩不已。作为学习艺术史的学生，青汎自己也需要研究这些艺术家的作品，而常珊珊是用笔墨实践的方式自己模仿，这对于了解艺术家的创作是最好的方法之一。同样的家庭背景，同样的兴趣爱好，青汎和常珊珊有一段时间几乎课后的全部时间都待在一起，两人成为彼此心灵和学业的依靠。

那时，常珊珊的其中一位老师是王建。常珊珊告诉青汎，王建老师对自己很好，不但欣赏自己的作品，关心她的生活，还推荐常珊珊参加各种美术展览、拍卖会以及各种画廊之间的交流。那时青汎觉得常珊珊很幸运，她的才华恰好遇到了一位能够赏识的伯乐。

大三的时候，常珊珊有一次带青汎参加一个拍卖会。那是青汎第一次参加拍卖会。在拍卖会的画册中，青汎惊异地发现其中的一件拍品——张大千的山水册页——很像是常珊珊模仿的——但这样的事情应该不会发生，青汎不敢相信自己的眼睛。

常珊珊尴尬地笑笑："我的画怎么会出现在这样的场合呢？别开玩笑了。"

青汎还是有些迟疑："珊珊，你仔细看看，这不是你前几天模仿的那幅山水册页？"

常珊珊仔细看着画册："嗯，是有一点像，可是这是印刷品，并不能代表什么。你也是学这个的，怎么连这点常识都没有？印刷品可以精细地印刷出笔法、用墨，但是对于一些细节还是无法呈现呀，尤其是纸。这可是 20 世纪 40 年代的画作，而我画的是用现代的纸。不过如果你能看错，那就证明我画的还不错。”常珊珊有点沾沾自喜。

青汎还是有些不放心：“珊珊，记得吗，你画这个册页的时候我不小心碰了你一下，所以当时的山石有一笔拐出来了一点。你还记得吗？就是这里。”青汎用手指着山水册页中一处临水的山石，确实，那里有一个小拐角。

珊珊也仔细看了看：“我临摹的原画似乎没有这个——不过也许是印刷错误呢？”

青汎说：“如果能看看真迹就好了。”

拍卖前的拍品展览人很多。但是一般大师的真迹很少在拍卖前的小展览上展出，显然，张大千的作品属于这类大师真迹。

拍卖开始，现场很快被一种赌徒氛围笼罩着。一些大企业聘请专业的投拍人，衣着得体地在中间最佳位置坐着。一些藏家亲自来到现场，还有一些是画廊的经营者，出于各种目的来到现场参加竞拍。现场还有一些青汎和常珊珊这种在艺术行业学习或者工作的人，是这场拍卖会的边缘人，填补着座位的空白，同时也无意识地参与到整个“赌徒”氛围中，成为其中真正的氛围观众。

观众与参与者都同样重要。

随着拍卖师的解说，拍品呈现在舞台上，大家都跃跃欲试。有些人紧张地翻看拍品画册，从中间寻找自己可能买得起的拍品；有些人关注编号和竞价，一到自己关注的拍品就变得紧张起来；还有一些人闲适地等着自己的那个独一无二的拍品，这种人往往有着孤注一掷的笃定。拍卖师的叫价声像是一条激流，众多竞拍者都在这条激流中抛下一杆吊钩，希望能钓上来一条大鱼。但整个激流给予大家诸多不确定性，有的人在拍品落锤时才发现自己刚才没有叫价，错过了一条大鱼；还有的则觉得另一位竞拍者和自己较劲，于是在最后一刻放弃了自己中意的拍品；还有的终于竞拍到作品，却发现后面的作品成交价更合理一些。拍卖现场的激流越来越湍急，气氛也越来越紧张，在这样的氛围中旁观，青汎觉得有一种荒诞感——一方面是精神世界的结晶，人类审美的物质体现；另一方面是现实的数字。这两个要素在拍卖会中形成互相对立却又和谐的一体两面。但青汎若是再成熟一些，就会发现恰恰是精神和物质的结合才最不荒诞，也是最完美的状态。只是才上大三的青汎不懂。常珊珊也不懂——不可否认，她的关注点一直都在作品上，这就是常珊珊优于常人的地方。常珊珊眉头紧皱，似乎对几幅作品都产生了怀疑。

终于到了那幅张大千的山水册页。起拍价是不太高的 180 万元。竞价立即开始，从 180 万元到 3800 万元还没有停止竞价。这漫长的竞价时间，给了青汎和常珊珊认真看画的机会。青汎小声对常珊珊说：“咱们还是离得有点远，如果能近一些就好了。”

常珊珊此刻的脸色并不太好，满脸严肃地戴上眼镜看着画面上的每一个细节，没有搭理青汎。竞价终于停留在 6890 万元，没有继续上涨，一位职业竞价人拍得了这幅山水册页。

那位竞拍人几乎没有掩饰地表现出拍得的兴奋——对于他来说，以 6000 多万的价格拍到张大千的原作的确是很划算的，要知道，刚刚结束的一次英国的拍卖会，张大千的作品拍出了人民币 1.3 亿的价格。

拍卖会结束，应现场观众的要求，拍得张大千作品的藏家同意在现场展览 10 分钟。虽然坐在远处已经看到了这幅画，青汎和常珊珊还是趁着这 10 分钟时间赶紧凑过去仔细看。虽然隔着玻璃罩，但是纸张和作品细节可以看得很清楚。

青汎还在看，却被常珊珊拉走了。回学校的路上，常珊珊一言不发。青汎不住地问结果是什么，常珊珊就是不说话。

快要回到宿舍的时候，常珊珊拉着青汎来到学校操场僻静的角落，终于告诉青汎："那幅画就是我画的。那种纸是老师专门给我的，我那里现在还有几张。纸里面加了一些中药，是清朝的技法。所以我敢肯定，那几幅是我画的。只是被当成了张大千的。我——觉得现在有点乱，到底发生了什么？为什么我的画变成了大师的？"

那天晚上，青汎也无法回答这些问题，自己以前听说过一些相关的传闻，真的碰上还是第一次。除了拥抱，青汎这时候不知道该说些什么，做些什么。

这件事情之后，常珊珊一直情绪不好。青汎知道常珊珊去找了她的老师王建。

青汎很担心常珊珊："王教授怎么说？"

常珊珊叹了口气："他一开始不承认，后来认为这是我的荣幸。”

青汎有些气愤：“造假就是造假，还说得那么好听。”

常珊珊说：“可是米开朗基罗、张大千这些名家都曾经假冒别人的画，也用假冒的画卖钱。这并没有影响世人对他们的艺术评价，相反，还增加了他们的名气。”

青汎有些惊讶：“什么？你这都说些什么呀？”

看得出来常珊珊处在摇摆不定当中，碎碎念地说：“咱们都知道，在艺术史上，模仿和抄袭的事情从来没有减少过。尤其是中国艺术史上那些古画，仿画基本上是一个传统。那些经典书画作品的摹本，不都是仿画吗？《洛神赋图》最初顾恺之的原本早已经失传了，现在全世界有十几个摹本，对于这幅画的模仿经历了几百年。这些都是仿画，没有人否定他们的艺术价值，也没有人说这些仿画不对。我做的就是仿画，所以这是我们书画传统的一部分。”常珊珊说这席话的时候，并不是说给青汎听，更多的是一种自我安慰——是自己讲给自己听，自己想要说服自己。

青汎当然明白关于中国画的摹本传统，但是常珊珊遇到的并不是这样的呀。青汎觉得，自己作为常珊珊最好的朋友，不能由着她睁眼说瞎话，更不能看着她掩耳盗铃而不提醒。

“古画中的摹本都很清楚地写出来是谁，哪个年代。受人尊敬的摹本不会故意欺骗大家，拿着摹本当真迹卖。珊珊，问题的关键不是你，也不是临摹！是他们拿着你的临摹当成大师的作品卖，你还一分钱都没有拿到。”

常珊珊说："可是我该怎么办呢？"

青汎说："搞清楚这件事情到底是谁做的。是王教授还是别人。"

常珊珊说："青汎，事情比我想象得复杂。王教授告诉我，他也仅仅是链条上的一个环节而已，如果我捅出来，他不会受影响，我真正得罪的是他背后整个链条上的人。我就是一个学生，普通得不能再普通了，我——可以对抗他们吗？"

这下青汎也答不上来了。毕竟是大学快要毕业的人，早已经成年，关于社会上的关系和人情不可能一点都不知道。青汎能够想到，那幅画在常珊珊这里就是一张习作，一分钱都不值，拍卖会上摇身变成价值6000多万的大师的画作，这一定不是一个人就可以做到的。

青汎凭着自己有限的知识想要厘清这里面的关系："至少咱们要搞清楚他们是谁。那幅画是青黛画廊拿出来拍卖的，也就是说，这幅假画是青黛画廊的藏品。你和青黛画廊的人有联系吗？"

常珊珊说："王老师叫我去青黛画廊拿过专用的纸，就是这幅山水册页用的那种纸。他们没有要钱，我当时还很感激他们。这种纸，如果没有他们，我不可能买得起。"

青汎接着分析："拍卖行从画廊收画，拍卖收画的负责人往往是业内著名的藏家或知名策展人。他们有一定的藏家资源，也有将艺术品变现的能力。这家简德拍卖行是全国有名的拍卖行，他们接收竞拍作品往往是非常谨慎的，尤其是春拍和秋拍。这两次是大拍，全世界的收藏界应该都在关注，没有理由很轻易地将一幅仿画混进去，并且出现在拍卖会现场，还是压轴拍品。”

常珊珊若有所思地说：“所以简德拍卖行——”

青汎说：“他们在默许这件事。”

常珊珊有点难以置信：“简德拍卖行的专家委员会都是全国最主要大学的学术带头人，连王老师都没能成为其中的成员，规格很高的。”

青汎说：“问题就在这里——这些鉴定专家是如何鉴定出这幅画作是真迹的呢？”

常珊珊看着青汎的眼睛：“这么多人同时在说谎吗？”

青汎觉得脊背发凉：“一个人两个人说谎可以理解，这么多人，真的吗？”她也不敢想象这其中的黑暗。

常珊珊说：“也许王教授说得对，我的画能被选上，是对于我的创作的肯定。”青汎看出来，珊珊内心里并不太认可这样的肯定。可是自己和常珊珊在这个链条里面连蚂蚁都算不上。

和青汎一样，常珊珊也是一个从中部地区小县城出来的孩子，父母都是普通工薪族，既不是领导，也没有什么产业，常珊珊能够考上这所学校，没有依靠什么关系，而是单纯凭借自己出色的专业成绩和不低的文化课成绩。在艺术圈里，常珊珊能依赖的就是自己，她不可能对抗整个圈子。

青汎自己其实也在为毕业之后的生活犯愁。相较于常珊珊的天赋，青汎在艺术行业里更像是无根的浮萍，她学习和研究的东西，可替代性很强；此外她也不清楚行业的规律和方向，已经大四了，除了考研，真的不知道未来的出路在哪里。

这件事情之后，常珊珊开始回避青汎。因为即将毕业，青汎也开始准备自己的毕业论文和答辩，两人虽然都在一个宿舍，却意外地并没有多少碰面的机会。青汎依旧很关心常珊珊，常常给她发微信，打电话，还去她上课的教室希望和她一起吃饭，常珊珊不是回复一两个字，就是干脆拒绝青汎。青汎觉得很奇怪。

一天晚上，青汎等着常珊珊，想要问清楚原因。常珊珊告诉青汎，专心完成毕业答辩，拿到毕业证后两人在校外聚会。

关于常珊珊那幅画的事情，两人都暂时埋在了记忆的深处。可是有些事情一旦发生，不可能那么容易就平复，就像明星在网络上挑起一个话题，即便当事人想要息事宁人，但网民们怎么可能就这样放过明星？

拍毕业照的时候，常珊珊穿着学士服，很漂亮，拉着青汎拍了好多照片。

毕业后一个月，一天夜里，青汎的手机提示收到一封新的邮件，寄件人是常珊珊！青汎立即打开邮件。

青汎：

你是我大学期间唯一的朋友。大学 4 年能够遇到你，是我最快乐的事情。所以如果有一天我离开，你至少可以通过这封信找到我。

也许我原本不该学习美术，也不该考上这所大学。直到4年大学结束，我才知道那句话：上天给你的任何馈赠，暗中都标好了价格。当我拿到通知书的时候，全家乃至街坊邻里的欢乐是这所学校带给我生命中最明亮的、最笃定的欢乐。那也是我学习艺术最昂贵的收获。之后的，就只剩下你。

事实上，从大二开始，我就临摹各种大师的作品，尤其是明清时代的大师。我是从创作的角度用心临摹的。但是生活就是这么奇怪，当它考验你灵魂深处的贪欲的时候，完全不给你预警。当你被虚荣和贪婪控制，想要抽身出来，付出的，可能就像我一样。我灵魂中的贪婪是从那种特殊的宣纸开始的。王教授送给我那种特殊技法制作的宣纸，触摸着它的质感，我的欲望被唤醒了。老师肯送给我，我感到欢喜，也贪恋这种收获。现在想来，这其实是命运为了唤醒我的贪婪而提前给我喂的糖果。这样的糖果，后面越喂越多，从特殊的宣纸到几千几万块钱，直到我不能离开也不能摆脱——我陷入了一个巨大的蛛网，它吞噬了我的梦想和未来，它还吞噬了我。

拍卖会之前，我隐约知道我画的那些画被当

成仿画卖掉了，我也多少拿到过他们给的几千块钱，只是不知道原来卖出了这么高的价格。当拍卖会落锤到 6890 万的时候，我内心的天平彻底翻车。是我太高估自己了。艺术世界是一张巨大的网，从艺术评论家、艺术家、画廊老板、拍卖行、大企业主、新闻媒体，还有取之不尽用之不竭的学院学生，这一切形成的是一个关于艺术的平行世界。拍卖原本就是各取所需的一件事。如果一件仿品，不止一位艺术评论家、艺术家都认为是真的，还有一系列的学术研究文章，那么，你一个人如何证明这是假的？而那些企业主为什么要购买这样的画作？因为他们需要！他们需要得到有成体系的支撑的艺术品。

这样的世界需要巨大的金钱才能运转，而不可能仅仅凭着关系或者莫名其妙的热情。6890 万元的拍卖款，就是运转这个系统的润滑剂。王教授说得没错，他也仅仅是这张大网中的一个小兵。而我，原以为自己是创作的核心，可是却毫无撼动这张大网的可能性。

我做了很多错事。用画作威胁王教授，找到青黛画廊，最终终于见到他们的核心——文嘉教授。教授很欣赏我的作品——这也是我最后吃到的糖果。

我以为我进入了一个像张大千一样的艺术圈

子，可以通过画假画最终画自己的作品，他们会帮助我、推荐我，一度，我甚至以为我成功了。可是最近的一些事我感觉，我经历的这一切都仅仅是梦幻，我就是一个画画的工具。已经出现了新的我。所以，我已经不被需要。

还好，一切都结束了。

青汎从来没有这么紧张过。对于她来讲，常珊珊不仅仅是一个普通的同学，还是陪着她在陌生的世界中披荆斩棘的另一半。青汎到任何能够找到常珊珊的地方寻找，和她远在小县城的父母联系。常珊珊却杳无音信。

07

刘泉警觉起来："你说的常珊珊和在乡村里支教的是同一个人？"

青汎说："是的。她在一次进山的游玩中失足滑落下山，摔断了腿，之后就到了骆村成为骆村的老师。"

刘泉说："这件事中的王建就是文教授案件中的那个嫌疑人？而文教授就是本案的死者？"

青汎点点头。

刘泉此刻看着青汎，内心汹涌澎湃。

文教授的案子很多疑点还没有解开，但是眼前这个尧青汎着实有一些更加令人费解的问题，比如她心心念念的常珊珊。刘泉调查了骆村的支教教师，根本没有这样一个人。暑假期间，骆村的支教老师就只有尧青汎一人。而且在调查尧青汎大学本科时的同学时，根本没有常珊珊这个学生。尧青汎本人在大四的时候因为一次意外，从山上滚落下山崖，摔断了腿，当时休学了差不多 8 个月。引起刘泉关注的是，这次事故中有很多可疑点：事故当天，文教授也在同一个山区采风。尧青汎在获救后，第一时间指控文教授将自己推下了山崖。但是后面她又推翻了自己的指控，告诉警方自己从来没有见过文教授。文教授则没有任何的记录显示和这件事情有关，能够查到的只有文教授受当地美术家协会邀请去采风的一则短新闻。

另一边，文教授的儿子在这个时候来问一位学生购买一幅仿画，也实在不同寻常。

王建的供述疑点重重。他和文教授有多年积怨：文教授控制着书画产业的上下游，他们一直为文教授“打工”，所以内心一直存有一些不满。可是王建并不想杀死文教授。王建在夜里22点半的时候接到文教授的电话。文教授的声音和下午有些不同，很着急，气息短促，让他到自己家里来，有重要的事情。自己随后就去了文教授的别墅。到了别墅，他就发现文教授倒在地上。至于用镇纸击打教授的脑袋，王建干脆说是文教授自己在电话里让他做的，理由是这样才可以揭示出真相。至于是什么真相，王建也不知道。

包括刘泉在内的警方当然不相信王建的话，但确实在22点半的时候查到了文教授在别墅播出的这个电话。所以王建说的是真的吗？而尧青汎说的关于拍卖的网络，文教授是其中的核心的话，他死了，最大的受益人是谁呢？尧青汎为什么要虚构出一个常珊珊呢？

唯一的线索是董源。经过调查，董源除了开面包店之外，还开了一间小作坊，专门用传统工艺制作宣纸。董源交代，他制作的宣纸并不针对市场，而是仅仅供应给文教授和大学里的一些专家。当然，文教授提供的金额非常可观，所以他几乎可以根据文教授的要求，仿制出任何一个年代的宣纸。董源认为自己仅仅是做关于古老宣纸制作工艺的研究和保护工作，并没有任何违法之处。听起来似乎有一些道理。

而青汎和这些人都不同，青汎看似简单的生活中隐藏着太多的秘密，尤其是和这个网络的关系，是隐藏在表面之下的。青汎虽然已经告诉他关于自己陷入这样一个制造假画的集团之中，但是她会因为想要摆脱而杀死文教授吗?

刘泉从青汎家里出来，直接回到警局，调出案件的卷宗，希望可以找到一些蛛丝马迹。在王建的供词中，有一句话很奇怪："文教授这两年变化很大。以前从来不画小青绿，现在开始画——"刘泉想起来青汎也和自己说过关于文教授画小青绿的事。这个文教授是从大青绿转成小青绿的，这和他的死有关吗? 刘泉开始调查文教授近几年的所有公开资料。

08

过了大约一周，尧青汎没有意外地从警察局里领出了那幅仿燕文贵的《江山楼观图》。青汎主动给文征明打了电话，希望和文征明见面。

文征明看到电话，嘴角浮现出意料之中的笑容："好哒，在哪里？"

这一次，两人约在青汎租用的工作室。

文征明走进工作室，上下打量着这个简陋的、墙面都是水泥灰色的房间："这里不错，适合你这样的文艺女青年。尧同学，你比看上去要聪明。"

青汎笑得像是个无脑恋爱剧中的女主一样明媚和单纯，带着一些腼腆，虽然青汎并不美丽，细长的眼睛，瘦削的身材，但是并不妨碍她独特的像是从古画中走出来的气质，这气质甚至比明艳的脸庞还动人。

青汎给文征明倒了一杯白开水，坐下来开门见山地说："文先生，谢谢你能来。"

文征明嘴角微微上扬。

青汎从电脑中调出已经准备好的资料，全部是关于明末清初的艺术家龚贤以及其身世、家人的文章，用淡淡的语气说："龚干的那幅画被毁了。但是年末的拍卖会就要开始了，虽然不像春拍和秋拍那么隆重，但也有很多企业家和藏家会到现场。那幅龚干的藏画可以拍一个好价格。我猜，至少上千万。"

文征明没有明确表态，而是饶有兴趣地看着青汎，他此刻还完全猜不透这个小姑娘葫芦里卖的什么药，只是——他没有什么可担心的，毕竟他是文嘉的儿子，这个链条里的一切自己几乎可以完全继承。对于青汎，他像是看着自己的宠物犯傻。

青汎接着说："我知道您现在没有合适的作品参加这次拍卖会。"

文征明说："尧同学，你应该知道，我可以不必参加这次拍卖会。"

青汎说："龚贤，白龚和黑龚时期，哪个阶段卖得更好？龚贤还可以开发出新的市场吗？比如他的弟弟龚干，是否存在？那些在历史中模糊的人物形象如何才能开发出富有戏剧性的艺术故事，使买家感兴趣呢？王建老师给画上题写了预示财源的四句诗，却不合时宜地用上枯树、荒亭，看似符合当下企业家的诉求，但其实是张冠李戴，既肤浅又容易露怯。"

文征明露出一种似曾相识的赞许的表情。青汎一时间有些疑惑："你——周六的下午也在那个别墅里？"

文征明露出不耐烦的表情："咱们还是说那幅画吧。我一会儿还要开会。"

青汎说："那幅仿燕文贵的《江山楼观图》是你们需要的。"

文征明问："那么你要什么？"

青汎说："我要——更多钱。"

文征明笑了："你为什么认为我会答应你？"

青汎说："我找到了那幅《江山楼观图》。我了解这个体系，知道什么样的作品可以制造出这个体系，比如你们一直都在做的明清书画，不可能一直做下去。龚干就是一次败笔。你们需要新的更加值钱的源头。五代时期的绘画不好模仿，建设学术体系也需要时间，但燕文贵是一个非常好的题材。这样的艺术体系需要巨大的金钱才能运转，而不可能仅仅凭着关系或者莫名其妙的热情。金钱就是润滑剂。而你们，需要新的仿画的方向。”

文征明一步一步逼近青汎:“你想要控制我? 还是要挟? 虽然你分析《早春图》和燕文贵的《江山楼观图》很有见地，但是你仍然什么都不知道，不知道现代的我们和这些画之间的关系。所以，即使你研究得再透彻，对于现代的人来说也没有用！”

青汎被逼到墙角。眼前的文征明像极了自己曾经见过的文教授，眼神、嘴角以及那种不可描述的状态。

青汎用颤抖的语音说：“否则，我就把原画毁掉！”

文征明退了回来，大笑道：“你不知道我是谁，是怎样的人。”然后，他的笑容凝固了，变成一种恶魔的表情：“但是我知道你！”

青汎盯着眼前的文征明，和前几天在咖啡厅的他判若两人，脑海中一个声音响起:“他很像咱们。”那是常珊珊的声音。青汎有点不知所措，一言不发地看着眼前的文征明，脑海中不断地将这个面孔和文教授的进行对比——这是同一个人！一定是同一个人！可是这是怎么做到的?

文征明看着墙上的双拐，稍微缓和了一些语气：“我听说他曾经逼到你跳崖？他也曾经逼过我，因为我在他眼里没有绘画天分。”

文征明看着青汎，叹了口气：“我总觉得你和我有相似的地方。”

青汎心里想，文征明知道这件事？所以大学时期的文嘉还是文嘉，而文征明是什么时候变成文嘉的呢？这和那幅《早春图》有什么关系？

等等，《早春图》？客厅里的那幅仿郭熙的《早春图》装裱很新，背锦和画框都是新的款式，而且画框下面有一道明显的灰尘痕迹，应该同一个地方以前悬挂的是更窄幅的作品，更换了这幅较宽的《早春图》。《早春图》寓意着什么呢？如果眼前的文征明就是那个周六自己见到的文嘉——他的父亲，那么他为什么要再一次到学校找我重复一遍那天下午的细节呢？而且他应该知道我那天带去的就是明朝的真迹。

文征明并不着急，在椅子上坐了下来。

青汎悠悠地问道：“那幅仿郭熙的《早春图》，谁是雇主，画中的人是不是官宦士大夫，谁是观众——这些都不重要，对吗？”

文征明表现出强烈的兴趣：“继续……”

青汎接着说：“重要的是——那幅画——整体的气韵？”青汎很不自信，但又没有别的解释，那幅《早春图》和《江山楼观图》都是解开谜题的钥匙，只是这个钥匙本身就是另一个谜题。

青汎说：“古画和现代人的关系？所以，那幅画——是代表着——年轻的你！而不是已经年老的你的父亲——文教授！早春寓意着生机勃勃的、不断发展的世界。画中一切的控制力都没有变，但是早春，是更年轻的山水！代表你！你那天为什么要到学校再听我错误地分析一次呢？”

文征明立即站起来：“我父亲当初不重视你，可能真的是一个错误。虽然不知道你究竟要做什么——但那天，我知道至少我们俩不是敌人！我当然可以给你10%。你也应该给我那幅明朝的仿画。而且，你可以继续给我仿画。”

青汎有些疑惑：“我？继续？”

文征明说：“我和我父亲不一样，我需要你的仿画。王建模仿的龚干的那幅画很拙劣，不可能再拍出高价。而你的，是我需要找到的学界不能反驳的拍品。”

青汎犹豫着，文征明继续说：“还记得我那天给你开价要买这幅画吗？如果你接受了，我不会和你合作。还好你和我一样，更有野心。”

青汎说：“你不怕我——告发你？”

文征明说：“就像我父亲推你下山崖那次？相信我我有更好的方法毁掉你，还有你在骆村的孩子。”

青汎大吃一惊：“你知道骆村？”

文征明说：“我说过，我们很像。除了你拥有原本不该拥有的天赋之外，我们都曾经藏在另一个人的身份里。常珊珊！”

此外，青汎的腿变得似乎长短不一。她浑身颤抖，一边拿开堆在墙角的书籍，一边说：“这幅《江山楼观图》是为了体现你的控制力，和文教授一样的控制力。”

文征明说：“我比他做得好。”

青汎从杂乱的书堆中颤颤巍巍地将卷轴拿出来。文征明打开卷轴，看到那些倾倒的树木，微微一笑：“这是明朝的那幅。那么你画的呢？一周时间够吗？”

青汎用力地点点头。

文征明像是文教授一样，慈爱地拍拍青汎的脑袋：“合作愉快！”

青汎盯着文征明的眼睛：“那么，你父亲真的是突发意外死亡？”

文征明变回恶魔般的表情：“有些事情你不该知道。”

文征明打开门，头也不回地走了，留下青汎一个人呆坐在工作室里。青汎的脑海中一直萦绕着文征明的这句话：“你不知道现代人和这些画之间的关系。”然后倒在地上。

青汎想起常珊珊，想起骆村的范宽大大的眼睛，还有自己出生的那个小城。青汎的思绪变得混乱起来，眼前的画室天旋地转。

这时候，刘泉的电话响起。

拎着很多吃的，刘泉已经来到了青汎的楼下。

刘泉说：“我就是试试，巧了，你正好在。”事实上，刘泉是希望了解关于文教授的情况。

青汎有气无力地回复道：“我——”

刘泉听出异样，赶紧上楼。

09

青汎倒在工作室的地上，身边是一堆书和画轴。

刘泉赶紧抱起青汎。

青汎却像是诈尸一样僵硬着阻止刘泉。她盯着刘泉看了几秒钟，突然碎碎念地说：“我要再看看那幅画。”

刘泉觉得奇怪：“画？”

青汎爬到书桌上，从电脑中调出仿燕文贵的《江山楼观图》，像是自言自语，又像是讲给刘泉听：“青汎说过，控制力是这个气韵浑雄的世界的关键，所以我还有机会。”

刘泉摸摸青汎的额头：“你还好吧？要不要去看医生？”

青汎转过头，抓住刘泉的肩膀：“文嘉就是文征明！他们是同一个人！”

警方不是没有这样的怀疑，只是没有事实支持这样的推断。

刘泉担忧地看着青汎：“尧同学，你要不要吃点东西？”

青汎看着刘泉，回忆起3年前自己的遭遇，被推下山之后，她翻滚着，不停地撞到石头和树干。常珊珊想：这是正在前往天堂吗？可惜她并没有立即死掉，翻滚停下来的时刻，浑身没有一处不疼痛，那是一种让人晕厥的感觉，像极了地狱。常珊珊几乎哭不出来，也无法叫喊，可是意识居然清醒，感受着周围的蚊虫、冰冷坚硬的石块以及不知名的花草。常珊珊望着头顶的一块蓝天，希望自己这个时候立即死亡，而不必经历这种地狱般的过程。意外的是蓝天上出现了一个警徽，接着是一双焦急但温暖的眼睛——一位警察救了她。在更多的警察和医护人员赶来救助自己的时候，常珊珊用尽力气说出推自己下山的人："文嘉教授，文嘉教授推我下来，因为我能画出他们画不出的那些画。"说完就昏死过去。

青汎眼前的刘泉就像是那天那片蓝天上出现的那个警官一样，有一种救赎的光辉。青汎倒在刘泉的怀里哭泣起来。

刘泉尝试着轻轻地说："你，是常珊珊？"

青汎努力地点点头。

刘泉表情复杂："放心吧，我在这儿，你不会有事的。你说——"

常珊珊抬起头来："那个周六，青汎在别墅见到的文教授事实上是文征明。这一年来，文教授都是文征明。死去的那个是真正的文教授，但不是我们那天下午见到的那个。"

刘泉其实也有这样的判断。从一年前开始，文教授的公开图片资料与之前的有很多地方不同，比如头发，更加浓密，身形稍稍健壮了一些。更重要的是，不止一位证人供述，一年前，文教授转变画风，开始画小青绿，而之前他一直画大青绿。警方对死去的文教授进行尸检，发现文教授肌肉组织松弛，应该是长期缺乏运动造成的，但文教授在同僚和学生的眼中却是一位经常健身的老先生。这种种迹象表明，有人在一年的时间中扮演文教授。

根据青汎的提示，警方调查了文征明回国的资料。从海关调取的文征明近期回国的资料中没有发现什么异常，但是文征明在上海的行踪没有任何证据。比对文征明近一年中进出海关的记录，巧合的是，都和文教授因为各种原因不在学校教课的记录相吻合。也就是说，文征明在国外的时间，文教授就开始居家做学术研究。

常珊珊渐渐恢复了理智："记得我给你讲过的那个网吗？文征明接管了。简德拍卖的时间是——一周后。所以我只有一周的时间。"

刘泉问："做什么？"

常珊珊说："画出那幅仿燕文贵的《江山楼观图》。"

刘泉问："你？那幅原画难道——？"

常珊珊说："我送给了文征明。"

刘泉不解地问："那他为什么还要你画一幅仿画？"

常珊珊笑了："那幅明朝的，永远不会在市场上出现。这就是这个网络的关键，真迹不可以出现，除非网络被破坏了。"

刘泉说："这有点可怕，花那么多钱，最后只是买了一件仿画。"

常珊珊说："真迹也是仿画，只不过是明朝时期仿的。我仅仅是比明朝晚了 400 多年，有什么不同？关于这幅明朝的仿画，也许几十年之后，它会像《八十七神仙卷》的命运一样，在某个尘封的大箱子里，被某个艺术家看中，成为博物馆的展品。在那之前，这幅真迹只可能是文嘉——文征明的藏品。"

刘泉多少对于这样的犯罪行为有一些惊异，和通常遇到的案件并不一样。也许文征明囚禁了自己的父亲一年的理由，可以从艺术的角度得到答案。

常珊珊开始了作画的准备工作。在那幅粘板上，她小心地将一卷泛黄的宣纸一点一点铺开，用带吸铁的小圆片压住。接着，她打开冰箱，冰箱门上一排排整齐地放着用小玻璃瓶装着的颜料，和文教授颜料架上的一样。

常珊珊看着刘泉惊异的眼神，一边拿出几瓶颜料，一边笑着说："我这里不像文教授的别墅，温度恒定，所以放在冰箱里比较容易保存。这些植物颜料很容易变质。"

常珊珊开始娴熟地在调色板上调试颜料，在刘泉眼里，常珊珊像是一个舞者，在窄长的纸上开始画画。她的确很有天赋，水、墨总是能够恰到好处，毛笔在她的手中就像是被某种神奇的力量牵引着，点、染、皴，熟练且优美。刘泉不自觉地用手机拍下了这样的画面。

常珊珊沉浸在创作中。时间在这个小而杂乱的画室里似乎停滞了，而墙上的这幅卷轴，就像是掩埋在时间深处的瑰宝，青汎抑或是常珊珊就是它的挖掘者，渐渐地将这件卷轴从时间的深处挖掘出来。山、水、渔舟、倾斜的树，渐渐地出现在原本空白的宣纸上。

刘泉被震撼到了，丝毫没有注意到此时已经到了深夜。

快要结束的时候，常珊珊放下笔，不住地喘气，似乎很累的样子。刘泉赶紧端上水。常珊珊瘦削的脸上渗出汗水。

刘泉禁不住说：“你很有天赋。”

常珊珊开心地笑着，是一种享受的笑容。刘泉能够感受到这种笑容的不同，自己来了这么久了，眼前的这位“青汎”居然没有问过自己来做什么。前两次和青汎的接触，青汎是敏锐和精明的，说话逻辑清晰；而今天眼前的整个人像是开心版的林黛玉，从骨子里透出古香古色。刘泉一瞬间明白了，在青汎身体里面确实有着截然不同的两个人。青汎聪明、冷静且坚强；常珊珊温柔、多愁善感并且弱小。

常珊珊发现此时已经很晚了。她看着刘泉，有些不好意思地说：“今天太晚了，你？”

刘泉说：“我都没有发现——确实太晚了，我先走了。你好好休息。”

10

简德拍卖行的拍卖会即将举行。

文征明和青汎合作得很顺利。文征明提前联系了和父亲关系较好的专家学者，撰写五代燕文贵的学术研究论文，引起了社会上一些人的关注。行旅山水画受到了很多企业家的喜爱，甚至一些明星、体育名人也非常喜欢这幅被称为明仿北宋时期燕文贵的《江山楼观图》。拍卖行的专家委员会给出这幅画的估价在 8200 万元左右。由于这幅画作在警方那里曾经备案过，备案资料上写明属于青汎，所以青汎委托青黛画廊交付这幅画给拍卖行。关于这个细节，还被文征明雇佣的写手写成了“传世名作的传奇经历”以及“文嘉教授生前鉴定的最后一幅古画”等宣传文案，引发了很多人的共情。互联网上出现了很多关于这幅画的讨论和轶事，到拍卖前，传闻中估值已经超过一个亿。

警方也找到了文征明软禁其父亲文教授的很多证据，来自于机场、别墅附近的很多监控。但是在刘泉警官的建议下，警方并没有采取行动。一直到拍卖会举行。

拍卖会在简德拍卖行的美术馆展厅举行，现场来了很多人，热闹空前。各类拍品依次开始拍卖，当然，仿燕文贵的这幅《江山观楼》显然是压轴大戏。董源一身西服陪着文征明一起在会场坐定。文教授去世，一直帮助文教授做各种各样仿古宣纸的董源失去了一个利润巨大的稳定来源，文征明重新开启了文教授的事业，让董源仿佛看到了未来自己卡上不断上涨的数字。青汎没有和大家坐在一起，文征明委托她和拍卖行的人一起保护拍品。

终于到了激动人心的时刻。这幅手卷全部展开，陈列在恒温恒湿的展示柜里，呈现在大家面前。因为影响巨大，拍卖行破例允许大家在固定线路指引下观看这幅画，每个人在画前可以驻足约 10 秒钟。

董源不禁感叹道："还是文教授有眼力，这幅画本身的画工出神入化，一定能拍出好价格。"

文征明仔细看着这幅卷轴，却有些不开心："我得去找尧青汎。"

董源不解地问："那个女学生不是已经决定合作了吗？"

文征明头也不回地来到拍卖会的办公区。刘泉和警队的其他人员也混进整场拍卖中。刘泉一刻不停地关注着文征明。

没有意外，文征明在办公区找到了青汎。

文征明生气地质问道："尧青汎，你想阴我？"

青汎一脸懵懂，似乎完全不知道文征明在说什么，试探性地问："你是说——那幅《江山楼观图》出问题了？"说完，她赶紧跑到展览现场，挤到那幅卷轴前。

文征明一把把青汎拉走。

两人来到一处安静的地方。

青汎冷静下来，安慰着文征明："无论是不是有一棵树的方向不同，这幅画目前都是明朝仿版的《江山楼观图》，文老师！”

文征明露出怒不可遏的表情：“你到现在还是不知道我是什么样的人？”

青汎充满疑惑地看着眼前的文征明，却没有半点害怕的神情：“文老师，冷静。”

拍卖会已经开始。董源发现有一个拍品很可疑，是龚贤的《山水尺方》，和当初在文教授家里被毁掉的那幅龚干的山水尺方几乎一样，只是落款是龚贤。

文征明将青汎拉到自己的车上，锁上了车门。一路上，青汎一直在寻找刘泉的身影，发现刘泉一直若即若离地跟踪着自己，她便不再那么担心。

文征明将青汎拉到了地下车库。青汎刻意地刺激文征明：“我知道你为什么杀死你父亲。”

文征明非常愤怒：“我没有杀死他！他是咎由自取！”

青汎说：“是你在教授突发脑梗的时候没有救他，而且在他去世之后用镇纸击打了他。”

文征明说：“你在玩火。估计你的下半辈子就会在我的别墅里度过了。我父亲是突发脑梗，但是那间别墅里有他的药物。他像你一样想要挑战我的控制力，为了能从别墅出来，他趁我不在，自己弄乱了我常用的颜料，又给王建打电话叫王建过来。我只是没有及时给他他应该吃的药。可是王建来得太及时，我来不及处理，只好先在别墅里躲起来。你现在知道了，我父亲去世只是个意外，拍卖会也拿我没有办法。

只是你——”文征明将青汎塞进汽车后备箱，锁好车：“等这次拍卖会结束，我会带你去老爷子住了一年的地方看看。”

文征明来到拍卖会现场。董源正在到处找他：“文公子，你快来看看，一幅画拍出了 1200 万。”

文征明不屑一顾：“我对这些没有兴趣。”

地下车库里，刘泉找到文征明的车，正在想办法打开后备箱。青汎在后备箱里喊道：“刘泉，是你吗？”

刘泉说：“是我。我会想办法救你出去。”

青汎说：“我就知道是你。不过现在不是救我的时候，让我待在后备箱里，我要和他一起回到别墅。”

刘泉说：“你说什么？这样做很危险，他是一个危险的人。”

青汎冷笑道：“相信我，我能照顾自己。你们也会跟着的，对吗？你是警察，可以提前在别墅周围布置。”

刘泉知道，现在关在后备箱里的这位是精明的尧青汎，而不是柔弱的常珊珊。

拍卖会现场，董源着急地对文征明说：“那幅画可能和那个女学生有关，就是尧青汎。”

此时，拍卖师宣布开始竞价明朝时仿燕文贵的《江山楼观图》。现场气氛热烈起来，很多人竞价。文征明对董源说：“那个女学生没有威胁。”接着就被不断增长的数字所吸引。现场的赌徒氛围立即升温，最终落锤于一个非常庞大的数字：1.3 亿元。文征明难以掩饰地露出笑容。

拍卖会后台的办公区，警方人员控制了简德拍卖行的工作人员，示意他们暂停拍卖资金的交付流程，但对外保密。

拍卖大厅的狂热刚刚到高潮，很多人跑过来和文征明握手，用中文、英文、法语等各种语言给文征明以祝贺。随后跟上的董源提示文征明看大屏幕，大屏幕上的成交额显示1.3亿元。文征明和董源打了声招呼，就赶紧走进了电梯。

开着自己的豪车，一路狂奔到别墅。刘泉一直跟踪着文征明。正如青汎所说，警方已经在文教授的别墅周围布警。

文征明的车直接开进了别墅的车库。他粗暴地从后备箱里拉出青汎。刘泉则从别墅的背面半掩映在后院花丛中的地下室窗户进入别墅的地下室。刘泉受命秘密调查这里时，发现了这个监控的死角。这个窗户由于被后院的很多花木挡着，只能看到一角，事实上很大，露出地面的部分足够容纳一个人进出。而且从后院的这一角到小区道路上，也是小区的一个监控死角。这一点是刘泉他们在调查文征明和文教授的身份转换时的意外发现：这个监控死角是文教授自己造成的。一年前，文教授向小区提出，给小区捐几棵银杏树，其中两棵指定了位置，而这两个指定位置挡住了原来设定在这个位置的一个监控摄像头，在文教授的坚持下，小区监控考虑到有其他监控摄像头，所以就暂停了这个位置的摄像头。

刘泉很靠近这扇窗户，看到地下室里的文征明正在向着一个凹陷的空间说话。刘泉猜测，那里就是软禁文教授的地方。

在别墅里，文征明粗暴地将青汎拉进地下室。青汎几乎一路趔趄着向前，腿和胳膊不时撞上周围的台阶或墙壁。青汎没有一刻放松，紧紧握着自己的小包。

文征明说：“你以为你很聪明，我很不喜欢！所以，从现在起，你只能在这个天堂里度过你的余生了。”

文征明打开墙壁上的一个暗门，里面是一个内室，像是扔一件旧玩具似的将青汎扔进去。青汎直接被摔在地上，还没有站稳就立即开口，因为她知道这是很难得的机会：“你确定已经拿到了这次拍卖的钱？”

文征明问：“什么意思？”

青汎说：“你关上门之前，可以先查一下，用手机。”

文征明将信将疑。青汎进一步说：“我现在跑不掉，即便能跑出这里，也不可能摆脱你的控制。所以，你现在有足够的控制力。这是现实的控制力。”

这样的话对文征明有效。

文征明查了自己的银行账户，的确如青汎所说，拍卖款并没有打入自己的账户。这让文征明有些慌乱。就在这时，刘泉从窗户直接跳进地下室，朝文征明举起枪。

文征明立即伸手拉过青汎挡在自己前面，将一把裁纸刀抵在青汎的脖子上：“你是那个警察？别动，不然我杀了她！”

刘泉没有轻举妄动：“你先放了尧青汎！”

文征明慌乱地喊道：“我没有犯罪！你们到这里做什么？”

别墅里响起一些声音，地下室出现了更多的警察围住文征明和青汎。

文征明大喊道：“叫他们出去！还有你！不然——”文征明将裁纸刀抵住青汎的脖子，流出一些血来。刘泉见状，示意其他警察撤出地下室。文征明大喊道：“你也出去！”

刘泉无奈，也倒退着走出地下室：“你先放了尧青汎！我们可以谈谈。”

文征明将青汎转过来面对着自己：“你们！你！出卖我。你的那些分析——我以为我们是同一类人，我们已经合作了，为什么要这样？”

青汎说：“我们不是同一类人！你是寄居蟹，借用别人的住处、身份和身体，而我不是。”

此时，刘泉的声音响起来：“文征明，我相信你有苦衷，请先放了尧青汎，我们会给你机会！”

文征明说：“尧青汎，我可以看到你内心中的两个人。你几乎是我父亲希望的我的样子。”文征明用手轻抚着青汎的脸庞。

青汎说：“所以这里曾经是你的空间？”

文征明说：“父亲一直都不认可我，我的一生都在他的讽刺和谩骂中度过。他觉得我还不如从一个小县城出来的你，而且你还是女孩子。为什么会出现一个你这样的人？为什么？”

青汎说：“这——也许叫——天赋。”

“天赋？”文征明的眼中流出泪水，露出羡慕的眼神，将裁纸刀刺入青汎的胸口，“我以为我们可以合作，但是就像那天推你下山一样，毁掉你，是多么快乐的一件事！”文征明一边大笑一边捂住自己的胸口。刘泉几乎在同一时间向文征明开枪，击中了文征明。

文征明倒地，整个表情依旧是兴奋的，充满满足感。

青汎已经倒在血泊中。刘泉嘶声力竭地大喊着：“快！救护车！”

11

警方的审讯室里，董源不住地摇头："太可惜了。征明小时候，我们也觉得文教授对征明太苛刻了。可是征明这孩子，画画确实缺少些韵味。和我一样。可是，关于那位尧青汎同学，你们不要放过她。她比看上去复杂。"

刘泉有些不耐烦："你还是先告诉我们你知道的。"

董源说："文征明究竟犯了什么罪？我呢？"

刘泉说："这要看法院如何判决。我们会以包括故意伤害、欺诈罪在内的几项罪名起诉文征明。至于你，可以去问你的律师。"

傍晚时分，刘泉结束了工作直接去医院。这是一个看似简单但事实上很复杂的案子，原本是凶杀案件，渐渐转变为其他性质的案件。需要很多关于艺术品、艺术史的旁证，也需要调研很多相关的专业人士，这个案件的调查取证时间已经超过了一个月。这段时间，刘泉几乎每天下班之后都会去看望青汎，或者常珊珊——这个生活在青汎体内的另一个人。今天是青汎出院的日子。

青汎不仅仅是这个案件的证人之一，对于刘泉来说，还有一种说不出来的感情。刘泉带着一束花来到医院，病床却空空如也。去问护士站的护士，被告知青汎一早就已经办理好手续出院了。

刘泉有些怅然所失，赶紧来到青汎的那个小工作室。工作室已经被转租给一对打工的新人。青汎去了哪里?

当天，在刘泉还在为这个案件整理资料的时候，青汎已经下了动车，坐上了长途车。在一个乡镇银行，青汎将自己一个卡里的1000万元汇到十几个账户中，其中有个账户的名字叫范宽，还有常珊珊。

接着，青汎像是几个月前一样，坐上一辆拖拉机。拖拉机拉着好几个回村里过年的人。青汎看着乡村中的夜景，想象着这条路变成宽敞的柏油路，跑着漂亮的校车。

整整一夜，到达村里的时候，清晨的阳光刚刚在山巅露头。范宽穿着粗布衣裳，带着几个孩子在村头等她。拖拉机停下来，青汎笑着和范宽拥抱在一起。

在学校的菜园边，青汎坐在田埂上，和常珊珊聊天。

常珊珊很关心她："如果那个警察找过来怎么办?"

青汎说："拍卖的是那幅龚贤的山水尺方。并不是王建仿的那幅。所以，咱们没有犯法。"

常珊珊说："可是，对于那个人，那个叫刘泉的警察，该怎么办呢?"

青汎说："为什么要关心这个人?"

常珊珊说："为什么不关心他?"

青汎拥抱住常珊珊："放心。你没有做错什么。"

初升的太阳射出金色的阳光，映照着这个年轻女孩子的脸。常珊珊满脸亮光，青汎则在阴影中。

12

刘泉差不多坐了一夜的汽车，上午 9 点多的时候，他终于来到了这个小县城。由于心急，下车后刘泉直接开跑，但是已经麻木的腿还没有做好准备，他重重地摔倒在地上。刘泉奔向这个神秘女孩的家。

刘泉坐着出租车经过小县城的中心街道。小县城和往常一样人流如织，中国是人口大国这一点在中部的小县城明白无误地体现出来。整个县城只有南北向和东西向两条街。沿街开着一个一个的小店铺，偶尔路过一栋现代化的大楼，大楼上悬挂着艳俗的广告画。店铺干什么的都有，五金交电、包装食品、蔬菜水果、冻肉海鲜。这是这个县城最繁华的商业街。路过熙熙攘攘的人流，出租车在电动车、小货车、三轮车中间缓慢穿行。刘泉难免感慨道：这段时间调查取证时接触到的那些艺术史理论，见到的那些艺术作品，和这条街上所有呈现出来的视觉那么格格不入。这些关于美的形象，关于美的议题，怎么能感染生活在生活中的人们呢？究竟哪一个世界才是真实的呢？

刘泉可以想象在这样的小镇的普通家庭中长大的青汎，或者说是常珊珊——该有怎样一双发现美的眼睛才能画出那些美丽的作品呀。也许下雨天屋檐滴下的流水在她眼里变成了山水画的气岚，清晨市集上清洁工扫地时腾起的灰尘在她眼里变成了山峦的雾霭，屋后的小土包变成了巍峨的群山……她是一个天才。

刘泉的手机响起来，是青汎发来的微信："贪婪是天性，寄生在人类的灵魂深处，不会因为宿主是艺术家而不去扩张。贪婪一旦缺乏管辖，就会吞噬宿主。这其中王建是青铜，文教授是王者，但是文征明，是这个游戏中的牺牲者。无论他们在哪个段位，都会被自己的贪婪所吞噬。这就是我的计划，引出他们的贪欲。"

青汎的家很普通，在一栋很老旧的板楼里，楼道里堆放着很多东西，整栋楼都散发出因年代久远而特有的带点腐烂的味道。青汎的母亲有着比实际年龄苍老的皱纹和白发，一双眼睛透出温和的神色。刘泉知道，青汎并没有给这个原生家庭留下很多金钱，所以，现在的青汎只有一个地方可以去——骆村。

马不停蹄地，刘泉离开青汎的家乡，来到更为偏远的骆村。可是骆村并不容易进去，因为正在修路。

小学坐落在半山腰，真的像青汎告诉自己的那样，是一座非常小的学校。此刻是下午，很多小朋友嘻嘻哈哈地在小操场上玩耍。操场上有崭新的篮球架和乒乓球案子。问了几个小孩子，一个孩子笑嘻嘻地告诉刘泉，这里没有尧老师，只有常老师，她带着学生到山里画画去了。说着，用手指着后面的山坡。

山坡上，夕阳的光辉穿过树杈，在长满青草的坡地上形成一块块斑驳的光影，还把一些树木染成了金红色。在一处林中的绿地上，青汎——常珊珊——和几个孩子站在画架前，正在画画。

刘泉没有走上前去，而是静静地站在不远处，看着眼前像是天堂一般的美丽画面。

江山楼观图轴（局部），北宋，燕文贵（传），
现藏于日本大阪市美术馆

江山楼观图轴（局部发大）

 千岩万壑图（局部），龚贤，现藏于南京博物院